郭文斌
作品典藏

醒 来

郭文斌 著

黄河出版传媒集团
宁夏人民出版社

图书在版编目（CIP）数据

醒来 / 郭文斌著. -- 银川：宁夏人民出版社，
2025. 6. --（郭文斌作品典藏）. -- ISBN 978-7-227
-08170-8

Ⅰ. I267

中国国家版本馆 CIP 数据核字第 2025XJ7774 号

郭文斌作品典藏

醒　来

郭文斌　著

项目统筹　　陈　浪
责任编辑　　刘　艺
责任校对　　周方妍
封面设计　　徐胜男
责任印制　　侯　俊

 黄河出版传媒集团
宁夏人民出版社 出版发行

地　　址　宁夏银川市北京东路 139 号出版大厦（750001）
网　　址　http://www.yrpubm.com
网上书店　http://www.hh-book.com
电子信箱　nxrmcbs@126.com
邮购电话　0951-5052106
经　　销　全国新华书店
印刷装订　雅昌文化（集团）有限公司
印刷委托书号　（宁）2500663

开本　787 mm×1092 mm　1/32
印张　9.75
字数　150 千字
版次　2025 年 6 月第 1 版
印次　2025 年 6 月第 1 次印刷
书号　ISBN 978-7-227-08170-8
定价　58.00 元

总　序

郭文斌

非常感谢宁夏人民出版社策划出版这套"典藏本"。

当初和何志明社长商量，这套"典藏本"要和中华书局、山东教育出版社早年给我出版的文集和文集修订本区别开来，重点选择近年出版的、读者"应用度"最高的、对抑郁症疗愈效果最好的、对青少年心理健康帮助最大的。

为此，选择了我的书中最畅销的《寻找安详》《醒来》。这两本书，先后由中华书局、长江文艺出版社出版发行，已经数十次重印。

选择了传统文化作为日课用的。比如"寻找安详小课堂"的班主任张润娟、班委施晓军等同仁，他们把《寻找安详》《醒来》作为早晚课。而班长闫生昌、班委张广主持的全国"寻找安详网络早课"等平台，则是以《郭文斌解读〈弟子规〉》《郭文斌解读〈朱柏庐治家格言〉》为主体读本。

选择了读者反复诵读的，比如宁夏大学的崔金英老师，已经在"喜马拉雅"把《醒来》读了二十多遍，每天读一篇，很少间断。比如北方民族大学的梁馨元同学、河北的杨新华法官，他们在"荔枝"把《寻找安详》读了十几遍，每天读一篇，很少间断。

选择了读者"倒逼"出版的。《郭文斌解读〈弟子规〉》《郭文斌解读〈朱柏庐治家格言〉》《郭文斌说二十四节气》，都是读者根据"学习强国"上传的同名电视节目整理出来的，其中《郭文斌解读〈弟子规〉》先是读者自发印行了内部书，引起反响后，由百花文艺出版社正式出版的。《郭文斌解读〈朱柏庐治家格言〉》也同样。

也许读者会说，《农历》《中国之中》《中国之美》的发行量也很大，被不少学校推荐给师生阅读，被不少家长作为孩子的床头读物，不少篇章被出到考试卷子里，被全国三十个省、自治区、直辖市的"寻找安详小课堂"作为教程。特别是《农历》，因主人公是两个小孩，特别受青少年欢迎。比如，银川十岁的刘一然小朋友，已经在"喜马拉雅"把《农历》读了四十多遍。这几本书却为什么没有收入这套"典藏本"呢？

其实，当初，我们也曾考虑过收入，但后来想，还是突出这套"典藏本"的"快速反应"功能，就是说，《农历》《中国之中》《中国之美》对身处心理困境的读者的帮助是熏陶式的，润物细无声的，不像《寻找安详》《醒来》《郭文斌解读〈弟子规〉》《郭文斌解读〈朱柏庐治家格言〉》见效快。就是说，这套"典藏本"，我们是把它作为"心灵姜汤"来开发的，面对"心灵感冒"，中国人的办法是喝一碗姜汤，出出汗，很快就会好。十三年的全国"寻找安详小课堂"线上线下近百万人次的实践证明，这套"典藏本"，是可以作为"心灵姜汤"来服用的。

需要给自己点赞的是，这次终于下决心把《郭文斌解读〈弟子规〉》《郭文斌解读〈朱柏庐治家格言〉》由口语改为书面语，删去可有可无的字句和段落；对重要知识点，做了增补；对引文和故事，做了核校。总体上更符合语法规范和修辞的准确性。相比口语版，每本书能减少一百页左右，更加匹配小开本。

心里装着读者，修改的过程就充满暖意，感觉每删掉一个字，每精练一个句子，就会节约读者一刹那时间，就非常有成就感。整个过程，充满着感动，那就是老天恢复了我的体力。以前好几次重印，想改，中途都停下了，因为体力不济。因此，与其说是我把这两部书稿改完，还不如说是老天的慈悲。

非常感谢宁夏人民出版社，感谢何志明社长、陈浪老师和他的团队，感谢所有为这套"典藏本"的出版发行付出心血的朋友们。

是为序。

2024 年 10 月 16 日

目　录

生命观和喜悦

人生观和喜悦

幸福观和喜悦

能量级和喜悦

保障性和喜悦

生命观和喜悦

　　只有找到根本光明，才能找到根本快乐。如果找不到根本光明，健康、幸福、快乐、成功，都无从谈起。当你感觉到快乐的成本很高，就要意识到，这个快乐一定是错了。最大的快乐是零成本的。说得再究竟一点，生命本身就是一个快乐，人生下来就应该是一个快乐的资源，只要保持在现场感中。

秋水儱
你四五尺
野航
恰受兩三人
师曾

生命就像一块黑板

要想幸福与健康，就要解决生气的问题。

用拔羊毛的办法，把生气一点一点拔掉，显然是不可能的；如果像接收电视、广播电台的节目一样，把生气的频道调整到不生气的频道，就不生气了。那么，如何才能调整到不生气的频道呢？要先认识生气是怎么回事。

人流熙熙，你来我往，不少人活在一种假醒状态，看上去醒着，其实活在梦中。梦中不知在做梦，气中不知在生气。如果知道在做梦，就醒来了；如果知道在生气，就不生气了。就像捉迷藏，你藏在哪儿，对方都能发现，你就不愿意跟他玩了。相对于一个做噩梦的人来说，醒来是解决问题的最好办法。

传统告诉人们，生气其实是一个假象。就像一块黑板，人们在上面写了无数的"生气"，以为自己真生气了，但拿板擦一擦，黑板还是黑板，原来压根儿就没有"生气"两个字。可见，痛苦也是一个假象，仇恨也是一个假象，抱怨也是一个假象，焦虑也是一个假象，抑郁也是一个假象，只要找到那个黑板，擦掉假象就可以了。

擦掉假象后剩下的是黑板。黑板上面没有爱恨情仇，只有喜悦。

那是一种不需要条件做保障的快乐，绝对的快乐。

一个小男孩在黑板上学画画。爸爸妈妈说画得真好，爷爷奶奶也说画得真好，小家伙就很高兴。可是，过了一会儿，姐姐用板擦把画给擦掉了，小家伙就开始哭了："还我的画，还我的画！"姐姐说："哦，别哭别哭，姐姐帮你画。"可是姐姐画的和他画的不一样，他还是哭。他觉得姐姐把他的世界给擦掉了。小男孩误认为那画就是他的世界了，就是他的一切了。

小男孩长大了，会谈恋爱了，碰到了一个可心的女孩子，喜欢得要死要活。可是这个世界是残酷的，班上就那么一个漂亮女孩子，喜欢她的男生太多了，为了得到她的芳心，男孩还打过架。他不会想到，刻骨铭心的爱原来是自己在黑板上画的一幅画。人们往往只记住了黑板上的那一幅画，却忘记了自己本身就是那个黑板。

因为失恋，有人抑郁、跳楼、割腕，岂不知是被自己画的一幅画所折磨。

男孩好不容易把那个女孩争到手，击败了其他男孩，成为胜利者。女孩是多么幸福啊，说："你看，这么多人都在争我，这一位对我最好，我要他做什么他就做什么。"可是，一结婚发现不是这么回事，当年的甜言蜜语慢慢变得清汤寡水了，丈夫对自己也不如当年了，就想再换一个。然后她就换。换完之后发现，怎么过了两天仍然是这个样子？然后她就对人生持悲观态度，认为天下男人都这样，没好的。这句话对吗？对，也不对。不是男人都这样，正确的说法应该是：人都是这样。更准确地说，只要是黑板上的画，都是这样。

那就凑合着过。大多数人把希望寄托在孩子身上，就给孩子找最好的学校，找最好的老师。某一天"父母呼"，孩子没有马上应；某一天他到网吧里不回来；某一天班主任通知家长去谈话……生命中怎么就这么多烦心事呢？自己活得麻烦，孩子又带来新的麻烦。

新的一轮图画又开始了。好不容易熬到孩子成家立业，一照镜子，脸上有皱纹了，腰也弯了，不像当年画册上那么漂亮了。一辈子在匆匆忙忙的图画中度过，岂不知只要我们回到黑板，或者成为黑板，就万事大吉。对于黑板来说，写在上面的爱、恨、情、仇都是假象，既然是假象，我们为什么要计较呢？我们生的每一次气，吵的每一次架，全是自己在黑板上画的画，不过是一个假象而已。

心灯才是根本光明

我在长篇小说《农历》里曾经讲过一个故事：在一个很黑的晚上，有一位盲女上完课，准备回家。老师说："打个灯笼吧。"盲女说："我是瞎子打灯笼有什么用啊？"老师说："别人看见你可以让开你啊。"盲女就打了灯笼，但是半路上还是跟别人撞上了，她就埋怨："你难道没看见我手中的灯笼吗？"对方说："你灯笼里的灯早灭了。"盲女恍然大悟：一切外在的光明都是靠不住的，灯笼里的灯，风大了会灭，油尽了会灭，摇晃的时候会灭；而生命中有一盏灯，再大的风也吹不灭，再剧烈的摇晃也摇不灭，是永远亮着的，那就是我们的根本光明。

只有找到根本光明，才能找到根本快乐。如果找不到根本光明，健康、幸福、快乐、成功，都无从谈起。

当你感觉到快乐的成本很高，就要意识到，这个快乐一定是错了。最大的快乐是零成本的。说得再究竟一点，生命本身就是快乐的，人生下来就应该是一个快乐的资源，只要保持在现场感中。

同样，当你感觉到挣钱没有给你带来喜悦，就要知道，一定是错了。财富应该是喜悦的副产品。关于财富，有三种境界：第一，让自己追着财富跑；第二，让财富追着自己跑；第三，以德为财，以善为宝，把品格变成永恒财富。毫无疑问，第三种才是最高的财富境界。

现在，有许多人拼命地经营手里的灯笼，囤积了远比生命基本需要多得多的财富，到头来发现，这些都是盲人手里的灯笼，在生死攸关的时候，了无用处。一些官员，因为贪污受贿而早早结束生命，在生命的尽头，他们是否想过，这一切，都是因为没有点亮心灯？因为没有点亮心灯，就只能通过不断地经营灯笼获得一点点生命充实感、安全感，岂不知，生命的安全感在根本光明里。

许多家长都想让孩子好好学习，将来考研、考博。可是有的孩子考上博士了，却用自己的双手结束了年轻的生命……这一切也都是因为没有点亮心灯。心灯都没点亮，眼睛都没睁开，却把生命的列车开向高速公路，肯定会出事。

点亮心灯是生命最主要的任务。把生命的主次搞清楚，才是对自己、对孩子、对别人的最大关怀。一旦点亮了心灯，就找到了幸福，幸福就是心灯照亮的地方。要想帮人就帮他点亮心灯，把灯笼放下，把根本光明找到，带着根本光明上路，人就会轻松。我曾经看到报纸上有人求助，就拿出一点钱去帮助。现在基本上不拿钱了，而是把我的书捐到全国各地。当你看到，有人因为读了这些书，焦虑的变喜悦了，抑郁的变快乐了，离婚的不离了，吸毒的不吸了，不孝敬父母的开始孝敬了，不尊敬老师的开始尊敬了，不好好工作的开始好好工作了，反社会的不反社会了……于我，真是快慰无比。

帮人也要会帮，不是满足人的需要就是帮人。别人向你借钱，如果他投资建一个对社会有害的工厂，你借对了吗？可见帮人需要智慧。最究竟的助人就是帮他点亮心灯，帮他找到内在的本有的光明。

教育也需要智慧。很多时候，我们接受的教育，更多的是知识教育而不是智慧教育。学到的知识很多，拿到的文凭很高，但是并不快乐。可见知识不是智慧，不能解决人的幸福问题。不把心灯点亮，人生的道路就免不了磕磕绊绊。因为这个世界有太多的障碍物，每走一步都是障碍。

开发智慧，才是教育的关键。

点亮人们的心灯，让人们不再走夜路，这是天地本有的情怀，也是一个喜悦者最基本的生命姿态。"未改心肠热，全怜暗路人。但能光照远，不惜自焚身。"这首诗，讲的就是这种境界。

快乐和喜悦的区别

　　在本体这个无比美好的生命地带，到底有什么风景呢？按照古圣先贤给我们的描述，只要到达这个本质地带，我们就拥有了生命的五种属性。

　　第一，喜悦。它是一种无条件的喜悦，没有痛苦，没有烦恼。生命的本质地带只有喜悦，没有别的东西。这种喜悦是无条件的，跟我们平时所说的快乐不是一个层面，快乐需要条件，喜悦不需要条件。快乐是泡沫，会破灭。想打麻将了，坐在麻将桌上才快乐；想抽烟了，点上烟才快乐；想喝酒了，端上杯才快乐。这样的快乐不在本质层面上。

　　只要是生命，本身就是喜悦的。就像我们拿到一张纸，拿到它的正面意味着同时也拿到它的背面。正面是我们的生命，背面就是喜悦。所以，不存在寻找幸福，也不存在提高幸福指数，只存在发现幸福。怎么去发现？转个身去打量生命就可以了。或者说，打开堵住幸福目光的窗户就行了，淘净幸福之泉的泥沙就可以了。

如果我们现在感觉不到幸福，说明我们的生命不在本质状态。

通常情况下，人们认为通过发财可以得到快乐，通过升官可以得到快乐，通过考级可以得到快乐，通过爱情可以得到快乐。然而，这都是不究竟的、暂时的。只有找到了根，才能找到生命的另一面——根本快乐，那就是喜悦。《论语》开篇讲："学而时习之，不亦说乎？有朋自远方来，不亦乐乎？人不知而不愠，不亦君子乎？"一个人面对掌声和鲜花时快乐，独处时也快乐，才是根本快乐，才是喜悦。

生命本身是一个根本快乐。纵观历史，几乎所有的古圣先贤，都在引导人们认识这个根本快乐。

第二，圆满。它是一个圆满。生命本身是按圆满设计的，什么都不缺，要什么有什么。如果能达到本质状态，就意味着圆满，意味着不缺长寿、不缺富贵、不缺康宁、不缺好德、不缺善终，什么都不缺，坐在那里，就在五福当中。

如果缺了一福。就意味着生命离开了本质层面。生命本来具有的一切，在本质层面上都是圆满的，既然是圆满，那就是要什么有什么。倘若一个人还在寻找、追逐，还不满足，说明他没有回到本质层面。

第三，永恒。它是一个永恒。既没有生，也没有灭。如果还有生命不永恒的焦虑，说明生命离开了本质层面。就好像衣服可以常常换新的，穿衣服的人却不换；常常换手机，手机号码却不换。

人们相当程度上的恐惧，来自对生命的一种非永恒性的焦虑。认为生命这一个片段结束后，就灰飞烟灭。表现出的生活态度就是拼命地享受、拼命地掠夺、拼命地挥霍，认为这个片段结束了就永远结束了，所以，他既不会传家，也不会真正地奉献。

第四，坚定。这个地带没有动摇，没有诱惑，没有恐惧，就像大树的根一样坚定。如果一个红包就能让你动摇，一个诅咒就能让你动摇，那你就不在本质状态。本质状态的生命是坚定的，只有坚才有定。

有许多的不安全感，导致人们拼命囤积财富、占有物质。当认识到生命是坚定的、不可动摇的、不可侵犯的时候，这种由不安全、焦虑带来的疯狂就会自动停止。

第五，全能。它本身具有心想事成的品质。这个地带是人的本能地带，想要什么就会有什么，想做什么就做成什么。

了解了生命本质地带的五种属性，就知道了快乐和喜悦的区别在哪里。喜悦是圆满的、永恒的、坚定的、高能量的；快乐是局限的、暂时的、动摇的、低能量的；喜悦是无条件的，快乐是有条件的；快乐是喜悦海洋里的一朵浪花，喜悦是快乐的根部，是一种根本快乐。

心量越大能量越高

老天视人的心量配给人能量。就像下雨天，你拿出去一只茶杯，就得到一茶杯的水；拿出去一只碗，就得到一碗水；拿出去一个盆，就得到一盆水；拿出去一口缸，就得到一缸水……决定我们得到雨水多少的是心量。

既然老天根据人们的心量配给能量，又如何拓展心量呢？有两种方式可选择，一是扩展内涵，二是扩展外延。扩展内涵，是一下子认识到你是宇宙中的一个细胞，要想获得像宇宙那样的生命力，就要跟宇宙同频共振，于是放下自我，一跃跳进宇宙本体的大海里。但这需要大勇气、大智慧、大气势，一般人做不到。比较可行的方式是后者，有三个方面可供实践。

一是把财富奉献给社会。就像屋子里面堆着好多财富，拿出去给别人，屋子的空间就腾出来了。把这些占有物腾出来以后，阳光进来了，空气进来了，心量就扩大了。

我曾在报纸上看到有人生病没钱治，一激动，捐了两千块钱，过了一会儿就后悔了，觉得捐一千块就可以了，怎么一冲动就捐了两千呢。真切地体会到什么是心疼。可后来看到因为自己带头捐钱，好多人响应，把生病的人从死亡线上拉回来，我就体会到了一种比把两千块钱装在兜里多得多的快乐，才发现自己赚了。第二次再拿出钱帮助别人的时候，心疼的感觉就减弱了。通过不断地把自己可以拿出去的那部分财富分享给社会，我有一种切切实实的生命体验，财富的分享给自己造成的焦虑降低了，而且，我体会到了一种心量渐渐打开的开心和喜悦，似乎能够看到以前像坚冰一样的那个"我"在慢慢地融化。

才知道人的心量越大，痛苦就越小。我在长篇小说《农历》里面写了一个故事，说主人公五月和六月特别享受在大年初一早晨关起门来打牌的感觉。为什么呢？因为大年初一早晨一家人关起门来打牌，别人是不能介入的。赢也是自家人赢，输也是自家人输，没有患得患失的痛苦和烦恼。但跟别人家打牌，输了就痛苦。当一个人的心量是家的时候，钱被别人家拿去，他就痛苦。但是对村主任来讲，同村人打牌，张三家赢，李四家输，他没有痛苦，因为他的心量是村。

在大兴安岭的加格达奇，有个开小超市的人，挣了点钱，自己省吃俭用，租房子住，却拿出钱一个月办一次传统文化教育论坛。受其感染，厨师找上门来了，司机找上门来了，摄影师找上门来了，听他召唤，齐心协力造福一方。他没有任何级别，没有任何权力，但大家非常尊重他，因为大家知道他是为了这一方水土，为了很多人不再得病，为了很多人不再离婚，为了很多孩子不再犯错误，公而忘私，一心为民。

在苏州，有位企业家把度假村改作教育基地，一家人常年义务举办各种传统文化讲座，其乐融融。他说，这种幸福是当年一味想着赚钱时根本体会不到的。

在承德围场，有位企业家把大量资金投向教育事业，甚至资助到宁夏南部山区。他说，做公益之前的人生，就像一场噩梦。

在烟台，有位企业家印制优秀传统经典几百万册，捐赠到全国各地。2015 年，他又申请建立面向全国招生的国学学校。他说，钱只有变成智慧才增值。

在河北高碑店，有位企业家每天免费为两百多位老人管饭，坚持举办公益课堂。他说，没有比爱心更好的企业文化。

在广州番禺，有位企业家发起文化爱国行动，四方响应。

在银川，有几位企业家携手推进公益事业，他们说，世界上没有比看到受益者脸上的微笑更幸福的事情。

…………

2015年6月7日，有一位南京的爱心女士到银川的"寻找安详小课堂"来听课，从她的同行的分享中，我们得知她刚刚组织了一场特殊的拍卖会，在她的感染带动下，一帮朋友把自己的服装、鞋包、首饰、手表以及收藏品拿出来，拍卖了一百八十多万元，捐给长春一家致力于弘扬传统文化、提高民族精神的学校。她说，没有爱心，再美的装饰也不美；有了爱心，素面朝天也动人。

通常情况下，人都会把财富传给后代。这看似在关爱孩子，其实剥夺了他在劳动中获得成就感的机会。人的第一需要是在劳动中实现自己的价值，你现在把钱直接给他，他没有这个机会了。让孩子通过自己的汗水一步一步地从生命银行里取出属于自己的钱来，体会那种成就感，才是留给孩子最宝贵的财富。明白这个道理的父母，会把维持孩子基本生存需要的钱通过做公益变成隐性能量，存在"云空间"，这部分隐性能量，按照古人的观点，在家族间可以转移支付，会变成孩子的健康、智慧、品质、运气。

二是把体力奉献给社会。做义工就是最好的办法。现在有一种"全职义工"，就是把自己的工作放下投入到义工中去，做得无比喜悦，只讲奉献，不求回报。这对大多数人来说不太现实，但我们可以在自己的岗位上抢着干活，平常干一倍的活儿，现在干两倍，就等于拿出了一倍奉献给社会了。吝啬体力是人们的惯性。即使是夫妻，因为谁做饭都会打架；如果抢着做，不仅不会互相抱怨，日子还会越来越和谐。

还有一种奉献的方式更加有意义，那就是拿出自己的智慧。大唐高僧玄奘当年在那样艰苦的条件下，向西而行，冒着生命危险到异国他乡，在辩经的论坛上辩倒了所有的印度高人，为祖国、为祖先争得了光荣。按照当时的游戏规则，如果辩经失败，是要付出生命代价的。但玄奘击败了所有高人，用他的生命、他的智慧荣耀了祖国和祖先。这是一种智慧的跨地理大分享。也是一种无畏精神的跨地理大分享。回国后，他一边组织翻译经典，一边写下了震撼世界的《大唐西域记》，照亮了多少暗路人，唤醒了多少梦中人，指正了多少迷途人。从他身上，我们看到，财富、体力、智慧往往是一起奉献的。当然，一般人是无法像他这样奉献生命的，但是这种精神值得我们学习。

几年的志愿者生活，让我切实体会到，只有通过不断地奉献，才能打开心量，提高能量。每当想到全国有那么多人需要帮助，个人的一些利害得失就可以忽略了，生命一下子就轻松了许多，考虑问题的坐标也就变了，以前认为多重要的事，现在可以放下了，因为任何事都没有比救人重要。为此，我一度过着下了飞机上论坛、下了论坛上飞机的生活。课程密集时，一天讲三场，连饭都顾不上吃。奇怪的是，我觉得自己快要累趴下了，一上讲台，却精气神十足，一站就是三个小时，连一口水都不用喝，确实感觉到有一种伟大的力量在支持。

当你把自己交给大家的时候。大家也会惦着你、成全你。几年来，每到一处，我都体会到一种过往生活中无法体会到的温暖。白天讲课，晚上，会有精于医道的志愿者给我刮痧、拔火罐、火疗、按摩；早上，会有志愿者把熬了一夜的养胃粥送到房间来。

通过把可能的财富、可能的体力、可能的智慧给别人，终将拓展自己的心量。终有一天，你的心量会大到跟天地同频共振的程度，那么，你就拥有了天地精神，拥有了因为天地精神而带来的"天长地久"。为什么中华民族有如此旺盛的生命力？四大文明古国中，为什么中华民族仍然屹立在世界民族之林？因为中华民族是一个跟天地同样心量的民族。只要不改变这种心量，我敢肯定，五千年、一万年之后，中华民族仍然会是人类最旺盛生命力的见证者。

认同度就是喜悦度

生命其实是一种认同。

《庄子·让王》中记录了这样一段文字：

> 孔子谓颜回曰："回，来！家贫居卑，胡不仕乎？"
>
> 颜回对曰："不愿仕。回有郭外之田五十亩，足以给粥；郭内之田十亩，足以为丝麻；鼓琴足以自娱，所学夫子之道者足以自乐也。回不愿仕。"
>
> 孔子愀然变容曰："善哉回之意！丘闻之：'知足者不以利自累也，审自得者失之而不惧，行修于内者无位而不怍。'丘诵之久矣，今于回而后见之，是丘之得也。"

简单翻译一下就是——

孔子对颜回说："颜回，你家境贫寒，居处简陋，为什么不外出做官呢？"

颜回回答说："我不愿做官。城郭之外有五十亩地，足以供给我食粮；城郭之内有十亩地，足够用来种麻养蚕；拨动琴弦足以使我欢娱；学习先生所教给的道理足以使我快乐。因此，我不愿做官。"

孔子听了深受感动。说："好啊，颜回的心愿！我听说：'知道满足的人不会因为利禄而使自己受到拘累。真正安闲自得的人明知失去了什么也不会畏缩焦虑，注意内心修养的人没有什么官职也不会因此惭愧。'吟咏这样的话已经很久了，如今在你身上才算真正看到了它，这也是我的不小收获。"

由此可见，要想让人们离开低层次生命状态，必须给他找到一个高层次的出路。追求喜悦是人的本能，当一个人尝到高层次喜悦，低层次快乐会自动停止。

要想找到这个高层次喜悦，首先就要弄清楚"我"。

"我"是什么？是个什么样子？由什么材料构成？

有一次，我到一所学校讲课，问同学们，十名同学十种说法。

有一天，我突然发现，"我"其实并不存在，只是一个认同而已。"物我"的人，认同物质是"我"，这一类人特别在乎物质，对财富的占有欲极强；"身我"的人，认同身体是"我"，这一类人特别在乎身体，保健意识极强；"情我"的人，认同情感是"我"，这一类人特别在乎情感，对情感的质量要求极高；"德我"的人，认同道德是"我"，这一类人特别在乎道德，非常注重人格的完善，儒家讲的"杀身成仁，舍生取义"，就是这个层面；"本我"的人，认同本体是"我"，这一类人已经超越了前四个层面，活在一种无善无恶的清净状态里。

认识"我"的五个层面对生命有什么意义呢？它直接关系到人的解脱。一个人一旦由物质认同超越到身体认同，物质层面的痛苦就自动脱落了。"留得青山在，不怕没柴烧"，即讲这一类人。厂子破产了，破产就破产，他也不会焦虑，只要人在，还会东山再起。这一类人就活得比物质认同的人轻松一些了。一个人一旦由身体认同超越到情感认同，身体层面的许多焦虑就自动脱落了，他甚至觉得，只要是过有质量的情感生活，活得寿命稍短一些也没有关系。一个人一旦由情感认同超越到道德层面的时候，个人情感的得失就不会给他带来痛苦了。我们知道好多人的痛苦来自情感。一个人一旦由道德层面超越到本体层面的时候。一切痛苦和烦恼就自动脱落了。这时，他活在一种随缘状态里，他认为活一天就认真给天地干一天活，至于生死去留，全听天地安排。如果天地需要，他就一直干着；如果另有安排，他可以随时走人。

从能量的角度来讲，"我"的认同度越高，能量指数就越高，幸福指数也就越高。对照一下心理学家霍金斯的能量层级会发现，一个人的自我认同到道德层面后，他的生命能量是前三个层面的很多倍，由此可知为什么那些特别有道德感的大家族往往会兴旺发达。

从常识角度，也好理解，物质认同的人，他的生命能量是跟感官相连的，而跟感官相连，能量肯定会漏掉。因为感官本身就是能量漏失的通道，看东西的时候能量从眼睛漏掉了，听声音的时候能量从耳朵漏掉了，尝味道的时候能量从舌头漏掉了，抚摸的时候能量从手上漏掉了。道德认同的人，能量就保持在一个相对稳定的基本无漏的水平面上了，生命就成为一个精气神的聚宝盆。

前三个层面的认同，随着心量的变化会发生转变。

比如一些人，特别认同物质，但认同的是公家的物质，保家卫国，就不一样了，物质认同又变成道德认同了。比如一些人，他特别认同情感，但维护的是一段人间真情，那又成了道德认同了。如果说，把身体维护好，不是为了享受，不是为了我长寿，而是为了孝敬老人，报效国家，这又变成道德认同了。

认同度高一级，对下面的那一级就会轻松看破，幸福指数就提高一级，幸福指数跟一个人的看破放下成正比。这就能够理解，古人为什么要讲"君子忧道不忧贫"，为什么讲"朝闻道，夕死可矣"。早晨听到道，晚上死了都可以。为什么呢？找到了最高一级的认同，而且掌握了最高一级认同，下面的就可以忽略了，不屑一顾了。这就是古人孜孜以求君子人格的原因。这时，我们就能够理解清人李玉的话了："一身轻似叶，所重全名节"，也就能够理解历史上那些白雪肝肠、坚冰骨骼的英雄人物。

现在，有人常常拿孔子的弟子子贡和颜回对比，说到底谁最成功。如果说是颜回，可是他当时连饭都吃不饱；如果是子贡，可是孔子曾经谦虚地说连自己都不如颜回。这就要看拿什么标准来评价了。如果用五种认同一对比，就清清楚楚了。

如果依次建立一个纵坐标：物质认同、身体认同、情感认同、道德认同、本体认同。认同度越高，能量越高。再以心量建立一个横坐标，心量越大，能量越大。一分的心量对应一级认同，是个小圆；二分的心量对应二级认同，是个大圆；三分的心量对应三级认同，是个更大的圆。如果哪一天我的心量变得跟天地一样大，认同达到本我，就是天长地久的圆，就是心想事成的圆。为什么呢？能量自由度达到理想状态，就像一个人到了天地间最大的面粉厂里，想做多大的蛋糕，就做多大的蛋糕，想做多大的面包，就做多大的面包。空间障碍没有了，时间障碍没有了，真正的自由境界就到来了。

由此可见，这个"我"存不存在呢？不存在。就像汽车挂挡一样，随着你换挡它就变了。"我"其实不存在，"我"是一个投影源投出来的像，投影源变了像就变了。换句话说，认同变了，"我"就变了。

如果身体是我，死后的那个身体应该还是我，但是明明不是了。所以，"我"只是一个认同而已。认同是什么？动了个念头，把两个念头建立了一种联系。我是房子，主谓宾建立了一种联系，我们就变成房子了；我是身体，建立了一种联系；我是情感，建立了一种联系。都是一样的，只是一种"认同"。

但这种认同非常重要，因为它直接决定了你使用哪个能量平台。如果把能量平台依次视为牛车、拖拉机、汽车、火车、动车、飞机、宇宙飞船，那么，上了什么交通工具享用的就是什么交通工具对应的能量、速度、方便。而决定上什么交通工具的是你的认同，也就是念头的最强烈指向。可见念头很关键。而普通人的念头往往是被惯性控制的。为此，就要在平时训练一种高级惯性，也就是建立一种高级认同。如何训练，没有别的好办法，只有重复，这也就是古人为什么要人把一部高能量的经典读一辈子的原因。生命的最高境界是无念，但是这对一般人来讲，根本做不到，能够做到的是尽可能地动高能量的念头，也就是尽可能建立高级的生命认同。

对于一个追求喜悦的人来说，认识五种生命认同也很重要。拿面包来说，如果所有的人都是面包它就高兴了，有饼干出现了它就不高兴了。只有它回到面缸，它的焦虑、痛苦才会消失，喜悦才会到来。可见痛苦来自分别，喜悦来自平等。

古人讲的"平常心"，就是指这个。"平"是什么意思？

既不是高潮也不是低潮。"常"是什么意思？没分段。其实，"平常"不好理解，一说面缸大家就好理解了，面包和饼干回到面缸才发现它们都一样，这就是"平"和"常"啊。

人有了平常心之后，再苦的事，再累的事，再大的灾难，他都能接受，都能扛过去。有一次，我在承德讲完课，一个小伙子找到我，给我鞠了一躬，说："郭老师，谢谢你救了我一命。"我说："这话从何说起？"看他眼圈哭得红红的。原来他爱人二十天前刚刚过世。他说："如果没有你今天这一课，我可能熬不过去。"

原来是我讲的"面缸原理"这一部分，给了他心理支援。大意是讲，当真正回到生命的面缸里，回到原料部分，回到根本性故乡，你会发现，没有生和死。就像他妻子，只不过是"归去了"，不叫死啊，她还在啊。如果你的心足够灵，你们还会在一起。为什么呢？潜意识是永恒的、全息的。离去的是什么呢？身体认同。甚至情感都在啊，情感是什么？念头组合而已，也永恒存在潜意识账户里。

这就是我总结的"我"的五个层面：物我、身我、情我、德我、本我。

当认同物质，物质就是"我"，穿衣服的这个是"我"，吃的是"我"，喝的是"我"，拥有这个房子的是"我"；当认同身体，身体就是"我"，坐在这里的这个就是"我"，站在这里的这个就是"我"；当认同情感，情感就是"我"，正在喜悦的这个是"我"，正在忧伤的这个是"我"；当认同道德，道德就是"我"，感觉很高尚的是"我"，很纯粹的是"我"；当认同本体，本体就是"我"，发现者就是"我"，在现场的就是"我"。现场感的"我"接近于"本我"。

因此，找到现场感太重要了。

一个人，当他执着物质时肯定不在现场，执着身体时肯定不在现场，执着情感时肯定不在现场，执着道德时肯定不在现场。

可是，为什么古往今来人们都要强调道德呢？这是相对于下面三个层面来讲的。因为"本我"一般的人够不着。所以，通常情况下要强调这个层面，因为它连着"本我"，离"本我"最近，事实上，"德我"和"本我"基本上是一体两面了，从人格的完成上来讲，它已经接近圆满了。

社会要求人们做有道德的人，相比于"物我""身我""情我"而言，已经是很难得的高度了。当人们真的懂得了道德之后，就连道德的概念都没有了。《太上老君说常清净经》里说："上德不德，下德执德；执着之者，不明道德。""无我"中的"我"一般的人摸不着，因为它连着"本我"。

古人早就知道，高维境界无法描述，一说就是错，"言语道断，心行处灭"，只要一说话，它就没了。就像雪一样，只要一碰，它就化了。能说的境界是"德我"。

由此可见，《了凡四训》的编排非常科学。先立命，树立一个人生目标，我要认同哪一个"我"，认同物质呢，认同身体呢，认同情感呢，认同道德呢，还是认同本我？对追求本我的人，下面的四个认同，他会轻松地放下，他看到为了情感要死要活的人会觉得可笑，觉得他们在玩过家家呢。就像看到幼儿园的小朋友在黑板上画了一幅画，老师或者同学擦掉了，他就哭嚷"还我画还我画"一样。

作家更在乎情感层面。作家一般写的都是自己的情感经历，对物质层面、身体层面不怎么在乎。只要能写出好文章，宁可熬夜。他多是第三个层面的认同，有些是第四个层面的认同。当然，那些第一动机只是为了赚钱的作家，那又是物质认同了。

人们之所以对财富执着，因为他们认同财富是"我"，贪污受贿往往源于此。要解决这个问题，就要提高自我的生命认同度。

当一个人心心念念想着回到面缸里去时，他就对做面包没兴趣了。有人说我无偿给你一千万，你投资办个面包厂吧，他不干。为什么呢？左边一个亿，右边一口气，他要一口气。先逮着这一口气回到面缸里去啊，哪一天这一口气没了，想回去都没有可能了。人生的第一意义是什么？回家。可见，认同度越高，对物质诱惑就越容易超越，这是人们回到快乐大本营的最为重要的方法论。

要想回到快乐大本营，就要消除"我"的低层次认同。为什么比较原始的瑜伽老师不让徒弟照镜子，就是因为一照镜子，就觉得这个模样的我是"我"，看一次投射一次，看一次投射一次，加固了你对这个"我"的执着和认识，现在不照镜子，时间一长，我长啥模样，忘了。就像面包天天照镜子，越看越自恋，饼干天天照镜子，越看越自恋，越看越加固了面包和饼干的属性。它们不照镜子的时候，哪一天忘掉自己是面包是饼干，就回到面缸里去了。

当一个人没有"我"的时候。就进入了永恒地带，那是另一种生命状态。

　　事实上，永恒地带和非永恒地带是一体两面。关键是要认清真我和假我。无我即真我，对应着喜悦。念头和念头的跟踪者，都在真我的大地上。意识和潜意识都在超意识的大地上。生命即是真我和假我较量的存在。通过这种较量，生命得以反观本体。

命运是可以改变的

"命运是可以改变的",这是明神宗年间的圣哲袁了凡科学实验报告的关键词,其正文,就是影响了明清两代人的《了凡四训》。袁了凡当年遇到神算孔先生,算他寿命只有五十三岁,命中没有儿子,只能考个秀才,官职为四川某县的一名县令,而且只能做三年半。袁了凡一听,就活得很消极,觉得一切都是命中注定的,努力又有什么用呢?何以见得一切都是命中注定的呢?因为孔先生对他的前半生如数家珍,让他不得不相信命是注定的。

后来他遇到了云谷禅师,禅师告诉他,生命的真相不是这样。孔先生算得对不对呢?也对,但不全面。云谷禅师认为命运是可以改变的,破除了孔先生的宿命论。

他让袁了凡按他的理论去尝试。袁了凡依教奉行。先是考上功名，接着有了儿子，继而考上进士，先任宝坻县令，后迁兵部职方司，相当于主管人，活了七十四岁。后被追封为尚宝司少卿。他的儿子袁俨，后来也中了进士。

可见，命运掌握在每个人自己的手里。正如《回生宝训》所讲："一日行善，福虽未至，祸自远矣。一日行恶，祸虽未至，福自远矣。行善之人，如春园之草，不见其长，日有所增；作恶之人，如磨刀之石，不见其损，日有所亏。"六祖讲："一切福田，不离方寸；从心而觅，感无不通。"袁了凡的科学实验，证明了这两段话是真理。命由我作，福自己求，一点没错。

可是，如此简单的道理，为什么还是有人不愿意行善积福呢？因为还是没有深信。之所以没有深信，是因为人们不知道我们每个人都有一个永恒账户。

要感谢心理学，让人们知道这个永恒账户，就是潜意识，它有四大基本属性：

一是自动记录。人们做的一切事、动的一切念头它都自动记录，然后永久性收藏。它不会说这句话我喜欢就记录，不喜欢就不记录。有的人你只见过一面，许久以后你以为忘掉了，其实是时间把他导入到潜意识里面。

北京同仁堂的医药信条讲："修合无人见，存心有天知。"虽然他配这个药的时候顾客看不见，但还有一个眼睛在看，古人把它叫作天。在我看来，天就是人的心，就是人的潜意识，具有自动记录功能。如此，再去理解古人讲的"三阳开泰从地起，五福临门自天来"的这个"天"，就知道它就是人的潜意识。包括"举头三尺有神明"。说的也是人的潜意识。

二是自动播放。潜意识会自动播放。现在的生命状态是前一个生命片段拍摄的电影的播放。吉祥如意的人生，是你上一个生命片段剧本写得好，演员选得好，导演做得好；相反，是自己把剧本写坏了，演员招错了，导演做失败了。都是自己拍摄的电影，跟别人没关系。所谓的命运，就是上一个生命片段自己拍摄的电影的播放而已。从一定意义上讲，生命就是一个投影。《零极限》讲，一个人要为他生命中发生的一切负百分之百的责任，就是这个道理。

这个世界上没有无缘无故播放的电影，全是人的底片在那里自动播放。凡是降临在生命中的不愉快的事情，如果高高兴兴地接受了，就在当时了结了。它意味着把对应的一部分电影底片曝光了，一旦曝光，就不再播放了，如果不曝光，将来还会播出来。反省和忏悔的意义就是用这种方式去主动曝光当年那些底片，一曝光它就没了，这要比将来变成果实再承受经济得多。

生命中发生的一切，都是有底片的。比如别人的鼻梁比你挺，你别嫉妒，那是人家在前一个生命片段做对应的那个活的时候，做得完完美美，鼻梁就挺了；你做那个活的时候，敷衍了一下，鼻梁就塌下去了。前一个生命片段画图纸，这一个生命片段建大楼。图纸是什么样这个大楼就什么样。明白这个道理，就再也不会抱怨了。我的电影我拍摄，我的命运我作主。

命运是自己拍摄的电影，现在做的一切，动的一切念头又是下一部电影的底片的构成。想看《甜蜜的岁月》还是想看《悲惨世界》，全由自己决定。中国人讲"积善之家，必有余庆"，就是这个道理。"积善"是拍电影，"余庆"是放电影。如果积不善，那么就必有余殃。

三是全息感知。潜意识具有共享性，有科学研究说，你的念头一动，脑电波会遍布宇宙，超光速。有一句话叫"若要人不知，除非己莫为"，其实应该改为"若要人不知，除非己莫想"。《弟子规》为什么说"入虚室，如有人"，因为念头一动，宇宙全知。过去皇帝办公的地方挂着"正大光明"四个大字，就是说不能言行有偏，要光明正大地进行。我们的一生也应该正大光明地度过，正大是因，光明是果，只有正大，才有光明。

做过母亲的人一定有这样的经验：小孩本来已经睡着了，但当母亲一旦从屋子里出去，他就会哇地一声哭出声来。母亲返回来，一边说着"妈妈在，妈妈在"，一边在孩子身上拍几下，他就又睡着了。可见，孩子睡觉时关闭的只是意识层，潜意识永远不睡觉。小孩如此，大人也同样，只不过大人的潜意识被严重遮蔽，不像小孩那么灵了，但这并不影响它一直在底层工作。

心理学家智然先生曾讲，恐惧是一种善的力量。人之所以恐惧，是因为潜意识提醒我们有些事情做错了，聪明人一恐惧马上就会反省，就会改正自己的行为。如果执迷不悟，灾难就发生了。

四是永恒性。既然生命是底片的播放，那么它就是永恒的。因为每一个现在时，都是未来时的底片，下一个未来时，又是下下一个未来时的底片，那就没有终结。催眠治疗已经成为一种常规性的治疗手段，证明了潜意识的永恒性。现代医学也证明，人在最终的那一刻，所做的一切就像放电影一样，不断地回放，这个快速播放的胶片就是潜意识。它是人的本质载体，是跟随人类走过一程又一程的永恒所在。

可见行善造恶决定着人的命运，也说明人的命运掌握在自己手中，甚至跟每一个念头息息相关。这一刻把念头从"我要"变成"我给"，命运就已经改了。底片变了，电影就变了。改变命运就从"这一刻"改。

潜意识的四大属性还让人们明白，遇到问题，要向内求解决的办法，要在修改自己的念头上下功夫。福田心耕，莫向外求。只要按照利他的念头去行动，命运肯定会改变。

当你带着这种理念去生活的时候，生活只剩下轻松自在。为什么呢？我不考虑我的命运了，只考虑把现在做好，只考虑现在轻松自在。"但行好事，莫问前程。"只考虑做好事，不考虑结果了，哪里有痛苦？人真是活得像神仙一样，这叫高等生命。低等凡夫抗命，高等凡夫认命，圣人改命。

《了凡四训》讲得好："从前种种，譬如昨日死；从后种种，譬如今日生。"从今天开始，把恶念的闸门关上，只动善念，厄运就自动终止了。

大阅读决定生命力

作为一个作家，我想提醒天下的父母，一定要让孩子们离开那些低能量的环境，首先要离开低能量的阅读环境。我们一定要清楚，输送到孩子潜意识里的每一句话都是一粒种子，只要是种子，它肯定会发芽、开花、结果。既然如此，假如它是毒草种子呢？

现在有这么多的抑郁症、焦虑症，其实跟人们的阅读对象有关，跟人们每天看的、听的有关。每天有七百本图书上市，让孩子自由去选择，他有这个能力吗？如果任由孩子去买、去读，那就意味着孩子是摸着石头过河。现在有许多家长比赛孩子读书，他的孩子一个月读多少本，我的孩子一个月读多少本书，互相炫耀。学校也这样，我们学校的孩子一周读几本书，他们学校的孩子一周读几本书，这个就要考量了。如果读的是负能量的书，越多越糟糕。

要想让自己的孩子好，就应该把家里一切低能量的阅读源清除掉。

标准是什么？我们没有时间，也可能没有能力选择，但古人已经替我们做了选择。经典是经过几百年之后留下来的书，它至少是无数家长筛选过的。有的家长担心，如果孩子只读经典，会读呆了读傻了。恰恰相反，孩子如果读低能量的书，才会读呆读傻。读经典不仅不会呆不会傻，反而会越读越聪明。呆和傻是能量低的一种表现，而所有经典，都是高能量的载体。

当然，只读经典，现代书都不读了，那也不行。需要有一个取舍标准。有些书是把人带离家园的，有些书是把人带回家园的。低能量的书读了一千遍，相当于浪费了一千次生命，还给生命引入了一千个单位的负能量。把一部经典读一千遍，既是给生命补充一千次正能量，还有一个好处，就是你的心是定的。打个比方，要打一口井水出来，选好一个地方一直打，打一千次，水就出来了。有的人在这儿咚咚咚几下，没水，换一个地方，再咚咚咚几下，遍地全是井口，就是没水出来。

我们的目的是打出水来，不是为了看打了多少个洞。许多家长和学校，不看孩子打没打出来水，只看孩子打了多少洞。全然不顾学生是否能消化。可以想象一下，一千个信息场放到潜意识里面，是多么地杂乱。一个仓库里面，有一千种东西堆在里面，跟一种东西堆在里面，是不可比的。所以，要给孩子营造一个比较轻松简单的成长氛围。什么样的成长氛围呢？让他的阅读在本能的状态下、在直觉的状态下、在定中进行。

最好的阅读是做，要求孩子做到的，家长一定要做到。如果家长做不到，去要求孩子，他也不听，即便听，也没真听。家长在那里噼里啪啦打麻将，让孩子去背《弟子规》。他虽然去背了，但心里想，《弟子规》既然那么好，你怎么不背？家长在看肥皂剧，让孩子去做作业，他也觉得不公平。家长做什么，孩子就会做什么。家长给老人做什么，孩子也会给家长做什么。家长是孩子的榜样，最好的教育就一个字："演"，做个样子给孩子看。

要给孩子建立一个概念，宁可不吃早点也不能缺少早读，吃早点是给身体提供营养，早读是给心灵提供营养。可以给孩子买带有注音的读本，不要管意思懂不懂，就让他读。书读百遍，其义自见。读书不是为了长知识，而是心理暗示，心理暗示的目的在于提高能量，生命的所有意义就是为了提高生命能量。

特别需要说明的是，读经典更重要的意义，是培养人的直觉。刚开始读的时候，常常会走神，走神的时候，是直觉断档的时候；收神的时候，是直觉回来的时候。这样，通过不断地训练，如果哪一天一部经典读完，没有走一次神，说明你在一个很可观的时间段里，直觉是连着的。这对生命太重要了，因为人与存在的根性联系，就是直觉，它是最直接的生命力，也是最直接的返乡港口。

阅读构成人的潜意识，而人的行动由潜意识决定。一个民族的生命力也由一个民族的集体无意识决定。凡是进入眼睛的信息都会变成一颗种子，凡是种子，总会要发芽。所以，要保护自己的眼睛。从一个孩子现在看什么书，就能知道他的将来。看上去他在看书，其实是在收藏一个又一个念头，念头是"执子之手，与子偕老"，就跟妻子白头偕老；念头是"不在乎天长地久，只在乎曾经拥有"，就是另一种态度。一定意义上，家长的职责就是给孩子选择读本。

我们村有两个青年，一起闯世界。一个因为犯罪被判了八年有期徒刑，另一个却因为很偶然的一次机会，路过一个书摊，偷了一本书，改变了命运。这本书就是《平凡的世界》。他说，当他读到书中的一句话"一个人总要觉悟的，觉悟的早晚决定了他命运改变的早晚"的时候，心中像投进了一枚炸弹。他觉得再不能这样混下去了，萌生了重新做人的念头。带着这种动机，他去给那位书摊老板还书钱。老板很感动，又送了他一本《了凡四训》。这个青年告诉我，正是这一本书，让他找到了做人的方向。

两本书可以让一个浪子回头。

人的心灵是一张白纸，你在上面画什么颜色，它就呈现什么颜色。

同样都是文学作品，《平凡的世界》却可以让一个浪子回头。但现在这样的长篇太少了，不少作品充满了杀、盗、淫、妄。文学首先应该具备祝福性。当读者读到书中的某一句话的时候，会心生安详，有放松的感觉，产生喜悦，产生爱，这部作品就成功了；如果读了这本书，产生仇恨、嫉妒、傲慢和反社会倾向，这部作品就错了。著名心理学家霍金斯通过大量实验证明，大多数流行文化都是低能级的，这让我惊醒，为什么有那么多的青少年年纪轻轻，就已身心俱废。

让人感伤的是，当监狱里的那个青年回到村里的时候，那位因窃书而回头的浪子的孩子已经六岁了。人家都娶妻生子、过正常人生活的时候，他还在漫漫牢狱中服刑。在他服刑的八年中，我坚持跟他通信，发现他的心地并不坏，就是喜欢模仿一些畅销书、影视剧里的情节去逞能。我就鼓励他好好改造，从头开始，重新做人。出来后，他果然变化很大，现在还做一些小公益。所以，这个世界上没有好人和坏人之分，只有好运气和坏运气之别。好运气的人会在关键的时候读到一本好书、听到一堂好课、遇到一个好人。

一个孩子走丢了，有责任感的人会把他带回家，但也有人会把他拐卖掉。有些书就是把人带回家的，有些书就是把人拐卖掉的。如果一本书看完，让人有孝敬老人的冲动、尊敬老师的冲动、节约资源的冲动、爱社会的冲动，那就是高能量的；反之，则是低能量的。

做家长的第一义务是保护孩子的眼睛。凡是进入眼睛的信息都会成为潜意识的构成因子。大家常常有这样的体会：晚上做的梦境是白天动的念头，就是这个道理。梦境是另一个维度的世界，播出来还好，就算报销掉了；如果没播出来，就会变成一个人的生命实相。

一定意义上，生命就是一场战争——保护心灵的战争。

文学除了认识功能、审美功能、社会功能、教育功能，还有更重要的一个功能，那就是祝福。为此，我给自己主编的《黄河文学》定了三条底线：第一，办一份能够首先拿回家让自己孩子看的杂志；第二，办一份能唤醒读者内心温暖、善良、崇高和引人向上、向内的杂志；第三，办一份能够给读者带来安详的杂志。这是我的办刊理念，也是我的创作理念。

最好的祝福是把读者带回第一故乡。小孩子在外面玩得很尽兴，突然发现天黑下来了，找不到回家的路了，他就会哇地一声哭出声来。这时候，妈妈唤归的声音成了世界上最温暖的声音。唤归的书、带我们找到那个根本故乡的书，才是好书。

让教育和文化归位

母亲和妻子同时落水了，先救母亲还是先救妻子？这道题，人们争论了好多年，答案莫衷一是。有人说先救母亲，因为她是我们的唯一，妻子还可以再找；有人说先救妻子，因为孩子更需要她。真是两难，让人觉得这是一道无解题。后来的一天，突然发现，这道题不但有解，而且背后还暗藏着嘱咐，那就是让母亲和妻子都不要落水。这才是出题人的用意所在。在我看来，这是一个关于教育和文化的寓言。

用"南辕北辙"来形容现行的一些教育方式，似乎并不为过。

教育的第一使命应该是认识生命，让人们知道人有天性、染性。本性纯善，需要保持；染性善恶参半，需要化掉。教育的一切方法论，都应该为此服务。从能量的角度，天性向上，染性向下；从维次的角度，本性对应高维，染性对应低维；从幸福的角度，本性对应喜悦，染性对应烦恼；从性命关系的角度，本性体现在天命上，天命体现在使命上，使命体现在责任上，责任体现在本分上。本分圆满则责任圆满，责任圆满则使命圆满，使命圆满则天命圆满，天命圆满则天性圆满。天性圆满，教育完成。

永远从天性着眼，从本分着手，这是古人的教育框架。因此，教育应该紧紧盯着超越来进行。不但要完成生命的广度，更要完成生命的高度。把广度扩展一万倍，不如把高度提高一级。蚂蚁即使把它们认为的整个世界据为己有，还不如一跃为人。

所以，教育一定要回到对生命的认识上，回到对人的本性的唤醒上，回到对人的本能的维护上，回到人的根本性的教育上，回到孝敬中和等基本价值的培育上，回到首先培养崇高人格上，回到连根养根上，回到开发智慧上，回到提高能量自由度上，因为这些都是提高生命维次的关键所在。但是我们遗憾地看到，许多家庭和学校，却在反其道而行之。

超越性思维对应到教育逻辑上，就是古人讲的"道、学、术、技"四个层面。相较而言，"技"是点，"术"是线，"学"是面，"道"是空间。"技"层面的问题，用"术"来解决，易如反掌；"术"层面的问题，用"学"来解决，易如反掌；"学"层面的问题，用"道"来解决，易如反掌。可我们看到的现行教育，往往是重视"技""术"有余，重视"道""学"严重不足。如此，怎能培养出来栋梁之材？

现在，人们拼命地送孩子上面包大学，学做面包的技术，上饼干大学，学做饼干的技术，唯独没有教给孩子如何生产面粉，如何给生命的面缸里装满面粉，孩子到时候面包也做不出来，饼干也做不出来，即使能做出来一些，质量也有问题。

要让面缸里的面粉永远是满的，除了不断地往里装，同时，还要堵住漏洞。而要高效实现这两点，就要把人们由"技"引导到"术"，由"术"引导到"学"，由"学"引导到"道"，因为"道"是宇宙间最大的面缸，最优质的面粉，最高超的生产力。

看过这样一则故事：一天晚上，一位老太太听见有人喊"地震了"，她半梦半醒地跑出屋子。一看，星星还是那个星星，月亮还是那个月亮，房屋还是那个房屋，根本就没地震。老太太完全镇定下来，发现身边有一袋面粉，是自己抱出来的。想再抱回去，可连挪也挪不动了。起初，老太太是靠什么把这一大袋面粉抱出来的呢？是本能。为什么又抱不回去了呢？从本能状态回到技能状态了。技能状态告诉她，能抱得动一大袋面粉是小伙子的事儿。这个分析判断一出来，老太太从本体层面掉到意识层面，本体状态的能量随之丧失了。

现行的一些教育问题就在这里，教师、家长拼命地教给孩子知识和技术，告诉他们抱这一袋面粉的时候，要先弓步，再马步，要憋住气，等等。孩子若先弓步，再马步，接着憋上三口气，房子早塌下来了。

所以说，教育的职责应该是维护本能，但现行的一些教育更多地在破坏孩子的本能，孩子反而不知道如何生存了，甚至连亲近父母的能力都丧失了。有一个省的高考状元，与母亲去旅游，途中常常把母亲落在后面很远都不知道，让母亲伤心不已。显然，这个孩子心中已经没有母亲了。一个心中没有母亲的孩子，考上状元又有什么意义？"世界上最遥远的距离，是妈妈正在看着你，你却看着手机。"这句网络流行语折射出的亲情冷漠，值得我们反思。

教育应该把孩子带向生命的本质状态，让他拥有本质状态的五种品质——喜悦、圆满、永恒、坚定、心想事成，这才是教育应该完成的课题。古人讲"黄金非为宝，安乐最值钱"，要教孩子先"安"，先"乐"，先"明明德"，而不是如何囤积黄金。如果我们在人的养成教育中，不能扎下德行的根、喜悦的根、爱的根，他学得越多，那么痛苦就越多，给这个社会带来的负能量也就越多。

教育应该培养孩子在最日常的生活中享受最大快乐的能力。《朱子家训》讲："黎明即起，洒扫庭除，要内外整洁；既昏便息，关锁门户，必亲自检点。一粥一饭，当思来处不易；半丝半缕，恒念物力维艰。宜未雨而绸缪，毋临渴而掘井。自奉必须俭约，宴客切勿流连。器具质而洁，瓦缶胜金玉；饮食约而精，园蔬愈珍馐。勿营华屋，勿谋良田……家门和顺，虽饔飧不继，亦有余欢；国课早完，即囊橐无余，自得至乐。读书志在圣贤，非徒科第；为官心存君国，岂计身家？守分安命，顺时听天。为人若此，庶乎近焉。"这一系列，都无一例外地教子孙在最简单、最日常化、最生活化的现场享受生命。

教育应该首先开发孩子的智慧，而不是堆积知识。

学习知识如同盲人摸象，如果哪一天，盲人睁开眼睛，原来千百次关于大象的记忆都不需要了。这就像智慧和知识的区别，智慧是活的，知识是死的；打开智慧的孩子学习在愉悦中进行，没有打开智慧的孩子的学习在痛苦中进行。

在古人看来，要开启智慧，必须先培养定力，而要培养定力，就必须知止。"知止"有两层意思：一是知道什么该拿起，什么该放下，哪个道能走，哪个道不能走，哪些事能做，哪些事不能做；二是让"知"止息。事实上，"知"一旦止了自然就在定中。"知"是念头组合，念头停止，安静就会到来。就像睡眠，只有在意识停止之后才能实现。因此，在专和博之间，古人更注重专，因为专容易定。

古人讲究一通百通，讲究悟性，而不是知识的积累。因为积累再多的知识，也不能反映宇宙之万一；但是有了悟性，开了智慧，一切都会豁然开朗。

在认识生命、开发本能、打开智慧的同时，教育要紧扣安全感价值感的建立。无论是"成功学之父"卡耐基还是"经营之父"稻盛和夫，都告诉人们，才华在人的成功中并不是主要因素。卡耐基认为，成功的主要因素是社会关系，事实上就是中国人讲的五伦。稻盛和夫认为，才华和热情在人的成功中各占一百分，而价值观却占二百分，前者分值是零至一百分，后者分值却是负一百到一百分。他举例讲，假如一个人的才华占九十分，但他的热情只有二十分，二者相乘，一千八百分；假如一个人的才华是五十分，热情却是九十分，二者相乘，四千五百分。但是，一千八也好，四千五也好，仍然不是最主要的。小偷很有"才华"，热情也很高，深夜，人们都睡觉了，他还在"加班"，可是他成功了吗？因此，决定一个人成功的最关键因素，既不是才华，也不是热情，而是价值观。才华和热情是中性的，正面价值观主导时，它产生正能量；负面价值观主导时，它产生负能量。由此可知，为什么历史上有好多非常有才华的人，最终并不能取得成功。

现在的情况是，无论是家庭还是学校，大多把目光盯在教育对象的才华上，关注价值观的不多。这样，就不难理解著名的"钱学森之问"了。

比价值观更为重要的，是安全感。一个人没有安全感，就会恐惧，恐惧要么产生控制欲、占有欲、表现欲，要么让人自卑、自大、自负，而这一切，都是悲剧的根源。

现在有一种很流行的教育理念，叫体验式教育，让孩子充分地去尝试，一味地追求经历和体验。我个人认为，这种观点不但错误，还是非常危险的。心灵一旦被污染了，再去清理就会非常艰难。烟瘾养成再戒掉，抽烟的人都知道不容易；毒瘾染上再戒掉，几乎没有可能。

现在确实到了从制度上、体系上恢复孩子本能和教育本质的时候了。

要让文化归位，就要首先搞清楚什么是文化，什么是真正的文化。真正的文化是什么呢？在我看来，文化是一种把人带向高级生命认同的力量，一种把人从物质倾向带向精神倾向，又从精神倾向带向本质倾向的力量。历史一再证明，要想天下大治，国泰民安，必须让真正的文化归位。让文化归于顶层设计，归于政府行为，归于百姓生活，成为人们心灵不可或缺的阳光和空气。

可事实是，不少地方把娱乐当文化，把文化产业当文化，使文化严重狭隘化、低俗化、低能化了。这样的认识，让本该用于支持真正文化建设的项目资金大多投向娱乐，造成大量浪费。

真正的文化是核心价值系统。它是一种改造力、引导力、建设力、和谐力：让不孝敬的人变得孝敬，不尊师的人变得尊师，不爱惜资源的人变得爱惜资源，不爱国的人变得爱国，不敬业的人变得敬业，不诚信的人变得诚信，不友善的人变得友善，低趣味的人变得高雅。一句话，让高耗能生命变成高能量生命。它应该是优秀的中华传统文化的当代化，优秀的西方文化的中国化。

《礼记·乐记》有言，"奸声感人而逆气应之"，"正声感人而顺气应之"，只有正念才能生正气，才能产生正能量。要提高中华民族的整体能量，我认为首先要扶正中华民族的集体意识，强化中华民族的集体无意识。一如礼乐，"在宗庙之中，君臣上下同听之，则莫不和敬；在族长乡里之中，长幼同听之，则莫不和顺；在闺门之内，父子兄弟同听之，则莫不和亲"，关键是要"同听之"，"同"生团结，团结生力量。

优秀的中华民族传统文化还应该成为社会主旋律，只有如此，才能保证这个"同"，否则，就会产生"五"加"二"等于"零"的现象，学校在教，家庭在消解，政府在倡导，社会在消解，结果只能是零。这也就是古人讲"礼乐不可斯须去身"的原因，因为"心中斯须不和不乐，而鄙诈之心人之矣；外貌斯须不庄不敬，而易慢之心人之矣"。

"治世之音安以乐，其政和；乱世之音怨以怒，其政乖；亡国之音哀以思，其民困"。艺术如此，文学如此，传媒更是如此，包括官风民意、社会舆论。为此，国家在让传统文化全面进入社会各个层面的同时，还要下大力气净化大阅读环境、视听环境、传播环境。让"安"和"乐"成为传统文化的基本"配乐"。

　　文化最终体现在一个民族的思维方式、生活习惯上。一定意义上，它就是人们的思维方式、生活习惯。只有如此，文化才能成为永恒生命力。因此，要让文化归位，就要让优秀的中华民族传统文化再度成为人们的生活方式、工作状态。

　　"大乐与天地同和，大礼与天地同节"，"春作夏长，仁也；秋敛冬藏，义也"，这种与天地的"同感"，既是中华传统文化的精髓，也是中国人的基本思维方式。正是这种同感性，让人们心中有孝、有敬、有惜、有谦、有中、有正、有和、有爱。让孝、敬、惜、谦、中、正、和、爱成为中国人为人处世的立场、原则和方法；正是这种同感性，让中华民族生生不息、天长地久。

　　激活这种同感性，维护这种同感性，应用这种同感性，正是教育和文化的天职。

人生观和喜悦

生命是一棵大树，要想枝繁叶茂，就要让它的根有生命力，这个根是生命的能量之源。

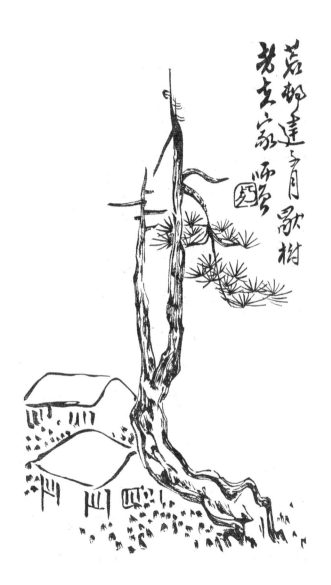

一切都是因为断根

生命是一棵大树，要想枝繁叶茂，就要让它的根有生命力，这个根是生命的能量之源。

根在哪里？相对于个体来讲，是你的从前；相对于家庭来讲，是你的祖先；相对于中华民族来讲，是华夏先祖，古圣先哲。

为此，连根养根，就成了生命最重要的学问。

贪官之所以会贪污，除了道德作风问题，也可以从心理学上找原因。一个重要的心理学背景就是贪官的心灵深处有恐惧，这个恐惧其实连贪官自己都不知道。他们之所以贪污受贿，只是在消除他们的恐惧感。为什么恐惧？心不安。为什么不安？断根了。其实每一个人都一样，有一种隐藏很深的恐惧一生都在跟随着，人之所以抓钱、抓房、抓名、抓利、抓地位，看上去是欲望驱动，其实根本原因是恐惧。

人一旦忘记了家，忘记了是从哪里出发的，恐惧就来了。死亡之所以让人恐惧，就是因为人们忘记了从何而来，向何而去。

在生命的出发地，一切都是本自具足的，什么东西都不缺少。

只是忘记了。因为忘记，所以流浪。因为流浪，所以恐惧。如果哪一天结束了流浪，回到了快乐老家，就会发现平时孜孜以求的一切都在那里，无所不有。

断根带给人们的恐惧太严重了。即便你在世俗意义上特别成功，但如果断根了，这个成功也是伪成功，它带来的痛苦只会更严重。且不要说和本体层面的故乡断了联系，只是和父母断掉，问题都会非常严重。有一些家庭，孩子一生下来，父母就把他交给老人去带，有的孩子甚至三四年之内都没有见过父母，孩子的恐惧感自然就到来。他们小时候靠哭喊，长大了则往往会做出一些让人难以理解的疯狂举动来掩饰他们的恐惧。他们比常人更渴望被关注，得不到周围人的关注，就会不安，就会制造一些事端引起人们关注。

他们的根断了，跟自己父母的连接断掉了，就意味着跟祖辈的连接也断掉了。为什么呢？因为父母是他跟祖先连接的第一个链条。跟父母断掉了，就意味着跟所有祖先断掉了，跟源头断掉了。那是生命的能量之源，是生命之河的源头。如果一个人不连根养根，他的整个人生就不得不在恐惧和痛苦中苦苦挣扎。有一个刚上幼儿园的孩子，一开始是妈妈送她；过了一段时间，妈妈不见了，改爸爸送；又过了一段时间，爸爸也不见了，变成了爷爷奶奶送。不久，孩子开始变得无精打采，不合群。接下来，班主任就怀疑孩子可能患上了抑郁症。经专家一确认，大家都感到不可思议，这么小的孩子为什么会患上抑郁症呢？一次，班主任发现这个孩子午睡时，怀里好像搂着什么东西，悄悄揭开被子一看，原来是一件妈妈的睡衣，我们可以想象一下这个孩子的内心世界。

　　我曾把两颗杏仁种在不同的地方，一颗种在老家的院子后面，一颗种在银川书房的花盆里。许多年后，院子后面的杏树已经长得和院墙一样高了，而书房花盆里的只不过像桌子那样高。是什么原因让两颗同样的种子，形成如此不同的结果呢？当然是根。花盆里的杏树之所以长不高，是因为花盆限制了根的延伸。

有多大的冠就需要多大的根做支持，根是生命能量的保证者。太多的人，变成了无根之木。

当今出现了越来越多的留守儿童，这个后果非常严重。如果父母仅仅因为挣钱，让自己的孩子断根，挣再多的钱，价值也是零。一代人毁掉了，挣再多的钱又有何意义？

一个人在小的时候断根，第一个反应是恐惧，第二个反应就是仇恨，而仇恨与恐惧带来的必然结果就是报复。

我在长篇小说《农历》中，用很长的篇幅写了过大年的情景。就是想告诉人们，过大年的意义，绝不是简单的吃吃喝喝，它是一年一度的教育，它的主旨在于连根养根。给祖先的一炷香、一个顶礼，都是对根的维系。心理学已经证明，潜意识是永恒的，既然潜意识是永恒的，那就说明祖先的潜意识还在，如此，祭礼就不单单是一种形式。通过大年，我们给生命之树浇水，这是华夏祖先发明的一年一度给子孙补给能量的特有方式。

对于古人来说，过大年其实是一场教育。一族人在祠堂里面过大年，就是开总结会，哪一房的祖先给国家做的贡献多，为民族做的贡献多，他的后人就在那一刻享受到一种荣耀。犯了错误的人，死后牌位不允许进祠堂。如果谁走进祠堂，找不到祖先的牌位，那将是一种无法忍受的心灵打击。为此，他也会好好做人。从这个意义上来讲，也是连根养根。

对于没有凭寄的人生，只有生命列车在飞速状态中，这个人才有安全感，列车一旦停下来，他便会感到恐惧。试想，千年古树的根会飞速奔跑吗？黄河的源头会飞速奔跑吗？根是原始点，是源头，它不动。一如树木，春天来了枝叶吐绿，夏天来了枝繁叶茂，秋天来了枝叶变黄，冬天来了枝叶掉落。而根，永远在一种恒常状态，从来不变。为什么根能保持这种能量？因为它在定中。正因为它在定中，才会春有百花，秋有朗月，夏有凉风，冬有瑞雪。让生命回到根的状态，这是人生无比重要的学问。

要想回到根状态，就要重建根文化，而要重建根文化，就要重新走进传统。如果重续亲情是血脉意义上的连根养根，那么走进传统就是精神意义上的连根养根。

传统之所以为传统，是因为它在讲关于根的常识，是一种根本学问，是生命根部本来就有的文化，是老祖先留给后人回家的路标。它有一个基本的逻辑，就是教人认识生命、维护生命、享受生命、超越生命。

也许有人会说，在这个非常现代的社会，还讲传统是不是有些落伍呢？持这种观点的人显然没有了解传统。人类自在这个地球上生存以来，就沐浴在阳光之下，难道因为阳光照耀过古人，我们就拒绝阳光吗？难道因为大地承载过古人，我们就拒绝在大地上生存吗？难道因为时代进步了，我们要重新创造出一种母爱吗？从这个意义上来说，传统恰恰是最时尚最先锋的。

不存在过时了的传统，只存在不懂传统的人，不存在落伍的传统，只存在现在还没有走进传统实践的人。

谦德是生命的春风

《周易》有云："天道亏盈而益谦，地道变盈而流谦，鬼神害盈而福谦，人道恶盈而好谦。"无论是天地鬼神还是人，对谦虚的人都喜欢，对骄傲的人都憎恶。积善、立命和改过让人成功，谦德让人不败。《易经》六十四卦中，只有谦卦大吉。可见，只有谦，才能带给人福气；只有谦，才能保持人的生命力。

《了凡四训》讲："即命当荣显，常作落寞想；即时当顺利，常作拂逆想；即眼前足食，常作贫窭想；即人相爱敬，常作恐惧想；即家世望重，常作卑下想；即学问颇优，常作浅陋想。"也就是说，越有钱越要谦虚，越有权越要谦虚，越有名气越要谦虚，让生命保持在一种"花未全开月未圆"的状态。掌声再热烈，也不要得意；

事业做得再大，也不要得意；荣誉再高，也不要得意；活做得再好，也不要得意；学问再高，也不要得意。如此，就会做到成功不败。

生活中，谦德表现为敬祖爱国、孝亲尊师、知恩报恩、知过改过、敬业奉献、知行合一、不争不贪、不怨不恨，等等。概括地说，就是古人讲的孝悌忠信礼义廉耻。

对应到生命气质上，是温良恭俭让，是文明、优雅、高贵、含蓄，等等。

就拿含蓄来说，只有"含"，才能"蓄"。倒水时，有含劲，水就不会溅到外面，因为能量是守住的；吃饭时，有含劲，饭就不会掉到外面，因为能量是守住的。包括行住坐卧，举手投足，放的时候，就要收住，推的时候，就要回力。医家讲，小解时要咬牙切齿，这样到老牙齿都不会脱落，就是这个道理。小解是放，咬牙切齿是收，看上去是两件事，事实上是一件事，因为能量是整体。有谦德的人，平时说话语速中和，不紧不慢，不多不少，因为他有含蓄的功夫，有随时把守能量的功夫。

投射到生命态度上，谦虚的人明高低知进退，既不会得意忘形，又不会故步自封。

一个人谦到最后就没有我了，没有我就是无。到达无的境界，大海也成了你，宇宙也成了你，天地也成了你，"从心所欲，不逾矩"的人生境界就到来了。

没有了"我"，也就不会产生烦恼、痛苦和恐惧，真正达到安详的境界。无我之人，人人是"我"，当所有的人变成"我"，"我"的幸福就翻了无数倍。所以圣人的喜悦，是海洋般的喜悦，是无量无边的喜悦，因为一个"我"没有了，"我"变成了"所有"。

在所有的品德里面，谦德是第一德。《了凡四训》认为人的成功有四个要素。第一，立命，就是树立理想；第二，改过；第三，积善；第四，修谦德。谦德要达到什么程度？"恂恂款款，不敢先人"，"恭敬顺承，小心谦畏"，"受侮不答，闻谤不辩"，即"荣辱不惊且看庭前花开花落；去留无意，漫随天外云卷云舒"，外在世界已经不能动摇你的心。

就世俗成功来讲，谦德也是巨大的生产力。子贡之所以能够取得多方面的建树，和他的深厚谦德不无关系。《论语·公冶长》记载，当年孔子问子贡："女与回也孰愈？"回即颜回，是孔子最得意的门生，子贡对此是深知的，但孔子偏偏向子贡提这样的问题。子贡相当有涵养，说："赐也何敢望回？回也闻一以知十，赐也闻一以知二"，何其谦虚。但行动力却超人，《史记》载孔子困陈、蔡，绝粮，情形十分危急，当门徒们个个面面相觑、不知所措时，是"子贡使楚"，让"楚昭王兴师迎孔子，然后得免"。

他在学问、政绩、理财、经商等方面的卓越表现有目共睹、有耳共闻，故其名声地位雀跃直上，甚至超过了老师孔子。当时鲁国的大夫孙武就公开在朝廷说："子贡贤于仲尼。"另一大臣把这话转告子贡，但子贡却谦逊地说："譬之宫墙，赐之墙也及肩，窥见室家之好。夫子之墙数仞，不得其门而入，不见宗庙之美，百官之富。得其门者或寡矣。夫子之云，不亦宜乎！"意思是说，自己的那点学问本领好比矮墙里面的房屋，谁都能看得见；但孔子的学问本领则好比数仞高墙里面的宗庙景观，不得其门而入不得见，何况能寻得其门的又很少。正因如此，诸位才有这样不正确的看法。面对别人的质疑，他很坦然地说："使臣誉仲尼，譬犹两手捧土而附泰山，其无益于明矣。使臣不誉仲尼，譬犹两手把泰山，无损亦明矣。"就是说，孔子犹如泰山一般巍然存在，你说他好也罢，不说他好也罢，他都在那里。在诸多资料中，可以看到，子贡在彰显孔子的道德学问方面，不遗余力，孔子思想之所以大兴于天下，和子贡的努力不无关系。

孔子死后，学兄学弟们守墓三年，子贡却守墓六年，真是谦到极处。也因此，在孔子三千弟子七十二贤人中，至今能近距离相伴孔子之墓，受后世无数人拜谒者，唯子贡一人。

谦德是生命的春风，所到之处，春意盎然。《了凡四训》第四篇"谦德之效"中，几种谦德的类型和效验，非常值得学习借鉴：

《易》曰："天道亏盈而益谦，地道变盈而流谦，鬼神害盈而福谦，人道恶盈而好谦。"是故《谦》之一卦，六爻皆吉。《书》曰："满招损，谦受益。"予屡同诸公应试，每见寒士将达，必有一段谦光可掬。

辛未计偕，我嘉善同袍凡十人，唯丁敬宇宾，年最少，极其谦虚。予告费锦坡曰："此兄今年必第。"费曰："何以见之？"予曰："唯谦受福。兄看十人中，有恂恂款款、不敢先人，如敬宇者乎？有恭敬顺承、小心谦畏，如敬宇者乎？有受侮不答、闻谤不辩，如敬宇者乎？人能如此，即天地鬼神，犹将佑之，岂有不发者？"及开榜，丁果中式。

丁丑在京，与冯开之同处，见其虚己敛容，大变其幼年之习。李霁岩直谅益友，时面攻其非，但见其平怀顺受，未尝有一言相报。予告之曰："福有福始，祸有祸先。此心果谦，天必相之。兄今年决第矣。"已而果然。

赵裕峰光远，山东冠县人，童年举于乡，久不第。其父为人生观和喜悦嘉善三尹，随之任。慕钱明吾，而执文见之，明吾悉抹其文，赵不惟不怒，且心服而速改焉。明年，遂登第。

壬辰岁，予入觐，晤夏建所，见其人气虚意下，谦光逼人，归而告友人曰："凡天将发斯人也，未发其福，先发其慧。此慧一发，则浮者自实，肆者自敛。建所温良若此，天启之矣。"及开榜，果中式。

江阴张畏岩，积学工文，有声艺林。甲午，南京乡试，寓一寺中，揭晓无名，大骂试官，以为眯目。时有一道者，在傍微笑，张遽移怒道者。道者曰："相公文必不佳。"张益怒，曰："汝不见我文，乌知不佳？"道者曰："闻作文，贵心气和平，今听公骂詈，不平甚矣，文安得工？"张不觉屈服，因就而请教焉。

道者曰："中全要命，命不该中，文虽工，无益也。

须自己做个转变。"张曰:"既是命。如何转变?"道者曰:"造命者天,立命者我。力行善事,广积阴德,何福不可求哉?"张曰:"我贫士,何能为?"道者曰:"善事阴功,皆由心造,常存此心,功德无量。且如谦虚一节,并不费钱,你如何不自反,而骂试官乎?"

张由此折节自持,善日加修,德日加厚。丁酉,梦至一高房,得试录一册,中多缺行。问旁人,曰:"此今科试录。"问:"何多缺名?"曰:"科第阴间三年一考较。须积德无咎者,方有名。如前所缺,皆系旧该中式,因新有薄行而去之者也。"后指一行云:"汝三年来,持身颇慎,或当补此,幸自爱。"是科果中一百五名。

由此观之,举头三尺,决有神明;趋吉避凶,断然由我。须使我存心制行,毫不得罪于天地鬼神,而虚心屈己,使天地鬼神,时时怜我,方有受福之基。彼气盈者,必非远器,纵发,亦无受用。稍有识见之士,必不忍自狭其量,而自拒其福也。况谦则受教有地,而取善无穷,尤修业者,所必不可少者也。

古语云:"有志于功名者,必得功名;有志于富贵者，必得富贵。"人之有志，如树之有根，立定此志，须念念谦虚，尘尘方便，自然感动天地，而造福由我。今之求登科第者，初未尝有真志。不过一时意兴耳，兴到则求，兴阑则止。孟子曰："王之好乐甚，齐其庶几乎！"予于科名亦然。

惜缘是一道升级题

　　缘分是不可再来的时空点。一对男女成为夫妻，这该是一种怎样的缘分。如果他生在唐朝，她生在宋朝，那就走不到一块；即便生在同一个朝代，他长她二十岁，可能也走不到一块；即便年龄差不多，他生在美国，她生在中国，有可能一辈子也不会遇见，也就不会走到一块。现在想一想，即便都生在同一个地方，相识、相知、相爱的可能性有多大？地球上六十亿人，两个人能够结合在一块儿，概率实在太小了。

　　你寻寻觅觅，在茫茫人海中终于找寻到了那个人。可是回想一下，如果当时在人群中看到她的那一刻，有人咳嗽了一声，自己转眼去看咳嗽的人，就跟她错过了。那一刻为什么没人咳嗽，你就看到她了呢？谁安排的？

不是你的本事，也不是她的本事，这是老天的一个赏赐。婚礼上讲的"天作之合"，就是这个意思。

可见缘分是多么难得，又多么值得人珍惜。许多人不懂，轻易地离婚，如果不是万不得已，就是没有惜缘。

人怎么度过这一辈子呢？无论是按照古人人生酬业的说法，还是按照现代能量梯次理论，都应该把夫妻做到极致。把夫妻做到极致，除过它是回到故乡的一个重要资本，更重要的是，你本身会从中享受到凑合夫妻无法想象的幸福。当能量提高一个自由度，幸福指数就会提高很多倍。二维空间是一个平面，好比一张纸，在上面可以画一个人物，挂在屋子里欣赏，但不能动，也没有活力。变成三维的话，就是一个真正的人了。相对于纸上的那个人来讲，现实中的人有温度、有活力，可爱可近。据此来想，更高维度的生命所拥有的幸福只会更多。这种境界的差别，就如《庄子·秋水》中所说："井蛙不可以语于海者""夏虫不可以语于冰者"，与井底的蛙谈论大海的广阔，它根本不相信世上还有比井水更广阔的水源；与夏天的虫子谈论冬天的冰雪，它也不会相信世上还有冬天。高维度生命的幸福，低维度生命甚至都没有办法理解。

所以，要目光远大，生命的意义在于不断地提高能量。

这一辈子夫妻如果做得非常圆满，对于人生的体验也就提高了一个等级。世界变了，美的程度、美的感觉变了，幸福指数也就变了。用一个凸透镜把阳光聚焦，就能点燃东西，一定意义上讲，做夫妻就是一次感情的聚焦，这就需要二人永结同心。一分心，生命就无法同频，不能同频就无法共振，不能共振生命就无法超越。所有的超越都是一次回家的进度，生命的根本意义是回到故乡。夫妻恩爱，是上苍让游子回家的重要编程。假如在这次夫妻旅程中没有体会到恩爱，我们肯定辜负了上苍的良苦用心。我们还要留级，还要补课。要回到真正的故乡，无法绕过这座独木桥。

从更深层面上讲，离婚的人缺乏一种向内寻找幸福的能力，这和他们受的教育有关，关于这一点，本书后面还要论述。夫妻的缘分是最大的缘分，家庭和睦了，子女也能潜移默化地从中受到影响，也能与人进行良性的相处，这个家就传下去了。如果夫妻双方整天爆发"战争"，子女也会受到负能量的影响，最后家就不像家了。一个从"战争家庭"中走出来的人，性格也是残缺扭曲的；一个从没有温度的家庭中走出来的人，不可能给他人温暖；一个从消极家庭中走出来的人，很难有积极向上的人生态度。

缘分事实上是天地的一个心意和恩情，珍惜缘分，自然会对天地生出感恩之心。六十亿分之二的恩情实在太大了。回到家再看坐在对面的妻子时，也会觉得跟以前看到的不一样了。她从宋朝的时候就出发了，直到现在才找到你。如此，伤人的话就不会说了，伤人的事就不会做了。有句很流行的诗"君生我未生，我生君已老"，说的就是没有缘分的两个人做不成夫妻的遗憾。可见夫妻之间的缘分之深，是老天宝贵的恩赐。"前世的五百次回眸，才换来今生的擦肩而过"，这句话也深刻道出了缘分的难得，由不得人不珍惜。

惜缘，惜的更是对上苍的一份感恩。轻言分手、随意处理婚姻关系的人，上苍恐怕很难再给他这样的好机会。不仅对于婚姻关系如此，对于工作也一样。世界上有那么多工作，为什么自己偏偏选择了这一份？客观的原因很多，也正是这些原因，表明了一切都是缘分。既然选择和被选择，就应该把这个工作干到极致。干不到极致，下一个生命片段就需要把欠缺地补回来。

惜缘要从激发一个人的惜心做起。一个人能爱惜粮食，爱惜水，自然就会爱惜初心。爱情之所以会变质，会出问题，是因为人们往往忘了初心。世界上，有多少人曾经单膝跪地，对另一个人说，他会爱人家一辈子，但是，一结婚往往就忘了。究其原因，还是惜心不够。

我有一次送一位老师的父亲回家，老人家已经八十多岁。在路上时，我突然发现他穿的毛衣袖子的毛边都露在了外边。我问他："怎么这样的毛衣您还穿着？"我知道，老人有不低的退休金。老人家告诉我："我就是舍不得让它退役。"其实这个心，就是一颗舍不得的心。

舍不得的心是一颗知冷知热的心，说穿了是一颗爱心。一件旧毛衣他都不愿意抛弃，当然就会和老伴和和睦睦过一辈子。一个人轻易地换、轻易地离，说明他的爱心热度不够，纯度也不够，这样的人没有恒常之心。一个人有爱惜之心，肯定舍不得把一粒大米扔掉，肯定舍不得把半个馒头扔掉，肯定舍不得把妻子轻易换掉……

一个有惜缘姿态的人，做任何一件事情都能做到极致，包括夫妻相处。日本茶道用语"一期一会"说的就是这个道理。两个人坐在一起喝茶的机会，或许一生只有一次，所以喝每一杯茶时都要抱着感激的心，格外珍惜。因为下一次与你面对面喝茶的，有可能就不再是原来的那个人了，而你所喝到的茶，也不会再是原来那一杯。

这就叫惜缘。明白了这一点，对生命的理解就不一样了。缘分是不可再来的时空点。错过了这一刻可能就永远错过了。理解了这个道理，再思考问题时，就会更大限度地想到如何提高利他的可能性，一切都会想着利他。

2013年8月，石家庄教育系统培训三千六百名教育工作者，有位爱心人士要给每一位听课人赠送一本《寻找安详》，跟出版社联络，库存只有三千册，还缺六百册，怎么办？我就打电话给"寻找安详小课堂"的一位同学，看能否在银川凑齐六百册。不承想凑够了，就让立即寄，用特快。同学不解地说，平邮不行吗？如果用特快，估计要几千元邮费。我说，几千就几千，寄吧。听着同学十分心疼的口气，我安慰她说，换到以前，我也舍不得，但现在，我更看重缘分。六百册书就赶在论坛结束前寄到了石家庄。这就是惜缘。因为将来再想找个机会把这六百册书送到从各地抽调来的三千六百名教育工作者手上，几乎没有可能了。几千块钱少穿几件少吃几顿就省出来了，但这个缘分一旦错过就成为永远的遗憾。

当我们真的懂得了缘分，甚至都不敢轻易做事。2014年5月，有一位志愿者非常热切地邀请我去他们省给某行业讲课。看了议程后，我忙给她说，行业培训要以讲为主，不能以演为主，何况只有一天的培训，开幕式闭幕式一定要去掉。她当时表示接受，不想第二天还是照旧进行了。结果可想而知。

送我到机场时，我给她说，知道你这次犯了多大的错误吗？她说不知道。我说你这一次等于把一万多人学习传统文化的缘分葬送了。这个系统大概有一万多名员工，今后相当长的时间内，他们不会安排同样内容的培训了，因为你让他们对传统文化产生了误会。因此，你做这件事比不做更糟糕，尽管你的动机是善良的。就好像馒头蒸夹生了，想再回到面粉的状态，没可能了。那一碗面你不做它，它还在那里放着，做成半成品，就再没办法还原了。缘分也是同样的。断送了一万多人学习传统文化的可能性，这个责任，你负得起吗？所以，在正己功夫不到时，千万别急着从事化人的工作。只有正己才能化人。这时，我看到她的眼泪哗地流了下来。

当时她一天给我一个电话，一天一个电话。本来那个月我的课都安排满了，见她如此迫切，就想办法挪了两天时间给他们，没想到出现了这种状况。事实证明我的感觉是对的。当初，老总给我表示，如果这次高层培训大家接受，他们将对全系统进行轮训，但那以后再也没有了下文，说明他们是不认可的；而我，又不能给他们解释传统文化远不是这些形式，这些形式也不是我讲课内容的有机部分。

往细里讲，每一个念头都是一个缘分。如果这一刻，该动认同的念，却动了一个反对的念；该动赞美的念，却动了一个嫉妒的念；该动谦虚的念，却动了一个傲慢的念，都是不惜缘。

稻盛和夫"六项精进"的第一项即讲"要付出不亚于任何人的努力"。为什么呢？只要有一个人比我努力，说明我还没有做到惜缘。而要做到"付出不亚于任何人的努力"，需要其他"五项精进"做保证。谦虚、感恩、利他、乐观、反省。如果缺了一项。都不能保证做到"付出不亚于任何人的努力"。傲慢的人做不到，没有感恩心的人做不到，没有利他精神的人做不到，没有反省精神的人做不到，没有乐观精神的人做不到。

那位志愿者不听我的劝告，说明她傲慢，尽管她看上去很谦虚，甚至把自己的财产拿出来弘扬传统文化，但傲慢有时恰恰以奉献和谦虚的状态表现出来。在傲慢没有消灭之前，一个人很难做到真正的惜缘，因为惜缘需要和气，而傲慢生戾气。

从稻盛和夫的《活法》中，可以看到他如何惜缘。为了把每件事做完美，他总是问自己还有没有更好的方案。为了发明一项新技人生观和喜悦术，他能够做到长年累月都想着这件事情，并且时常在现场，做调查研究的工夫。如此，不但灵感常常惠顾他，而且能够做到妥善决策。有人问他，你失败过吗？他说，没有。一个人一生居然没失败过。为什么？因为他做到了"六项精进"。永远在"付出不亚于任何人的努力"，永远处在谦虚、感恩、利他、乐观、反省的生命频道上。凡事都是百分之百的准备，百分之百的投入，又有百分之百的谦虚和利他精神保驾护航，怎么会有失败呢？

只有惜缘，天地才给我们更好的缘分。一个人如果越活越精彩，并且能够保持精彩，他一定是个惜缘的人。据说李嘉诚在机场接机时，会给每人一张名片，上面连晚宴的座位号都排好了，可见他事无巨细，都想好了。成功不是因为奋斗，而是因为信任。领导提拔你，一定是首先信任你。为什么会信任你呢？因为你能担当，能惜缘。"信任"的"任"是单人旁一个"壬"字，就是担当的意思，挑着担子啊。因为你能担当，所以他信任你。因为信任你，所以给你更大的平台。这就是成功的原理。

"八德"的根本是孝道

中国人讲的"八德"是孝、悌、忠、信、礼、义、廉、耻。

第一德是孝。也是"八德"中最重要的一德。中国人为什么要讲孝道？因为孝道是天地伦理，也是第一能量。《说文解字》解释篆体"孝"字云："善事父母者。从老省，从子，子承老也。"可见它是一种由大到小的能量链，一种由上到下的势能。我们生存的宇宙里，都是质量小的围绕着质量大的，能量低的围绕着能量高的。就像月亮绕着地球转，地球绕着太阳转。枝和叶一定是从根上长出来的。不孝敬老人，就不可能吉祥如意。有句古话叫"老人堂上坐，一宝压百祸"，说的就是老人能给全家带来福气。《诗经·大雅·行苇》中的"寿考维祺，以介景福"，讲的也是同样的道理。

中国人为什么强调孝？因为孝道是回到生命大海的必由之路。一朵浪花，不执行大海的规则，大海就把它抛弃了。浪花如果一定要到沙漠里去生存，马上就会干涸。一定意义上，孝行就是"天人合一"，"天人合一"我们就有了天的生机和能量。

孝从顺开始，故称"孝顺"。被称为"天下第一规"的《弟子规》中《入则孝》的第一句就讲"父母呼，应勿缓"，父母喊你，你马上反应，说明两个人的信息系统是畅通的；信息系统畅通，能量系统就是畅通的；能量系统畅通，物质系统也是畅通的。对应在两辈人上，身体就是健康的。

整个宇宙都在演绎着一个"顺"字。它们都在自己的轨道上运行，毫厘不爽。如果哪一天太阳说要换一个方向去旅行一下，人类可能就会遭到不测。春夏秋冬之所以存在，立春、立夏、立秋、立冬这些节令之所以几千年不变，就是对大自然这种顺的状态的赞美。

现在的孩子，经常是父母千呼万唤都不应，从电脑上拉不下来。父母呼他没反应，老师呼他也没反应，如此，将来国家呼他肯定也没反应。"父母呼，应勿缓"，其实是一个人教育养成中的第一养成。

父母对子女的爱，有时能产生奇迹。我主编的《黄河文学》杂志曾发表过一篇散文，讲的是一家医学院准备对十条狗进行医学解剖，其中九条很快完成了麻醉，但有一条无论下多大剂量的麻醉药都无济于事。后来师生们就强行把这条狗绑在手术台上，当刀子从它的腹部拉过的时候，他们惊呆了——原来这是一条怀了小狗的狗妈妈！我看了后非常震惊，打电话问作者这个故事从何而来，才知道是她亲历的一件事情。

原来这个世界上还有一种力量，可以让现代科技在它面前失去效力，这就是母爱。当不断增加的麻醉药在它的体内发作的时候，它是如何在跟这种力量做着较量？

丰子恺的漫画中，一条鳝鱼被厨师投到锅里，头和尾巴都下去了，但它肚子还鼓在上面，怎么摁也摁不下去。厨师把它捞上来，剖开腹部一看，才发现里面有鱼子。我看的时候，以为那只是画家的想象，现在才知这一切都是有可能的。汶川地震时，一位母亲用身体保护了她的孩子。搜救队员后来在这个孩子身边发现了一部手机，上面有一条短信："孩子，如果你能够活着出去，请记住，妈妈爱你。"世上居然还有一种骨头，比钢筋水泥造的楼房还要坚硬，那就是母亲的骨头。

可见，母亲对我们的爱，是一种怎样神奇的力量，如果我们拒绝了这份能量，将是多大的损失。曾有一位女士在听了我的课后问我，她要不要重新考虑生个孩子。我说，如果不生孩子，那你结婚做什么？现在有不少人，为了所谓的事业，不要孩子，有的有了孩子，又打掉，这其实是没有了解生命真相。老天既然让人生孩子，自然就会把对应的能量匹配给她。在为纪录片《记住乡愁》踩点的时候，曾经采访过的一位大学教授告诉我，母亲生了他们兄弟姐妹十个，却享年九十六岁。生育是女人的天性，是女人获得生命圆满的一种方式。我给那位女士说，你不要孩子，无非是怕有了孩子分散你的精力。现在，如果随着这个孩子的到来，老天多给你十年光阴，哪个划算？

生育会激发出女性巨大的生命潜能，后文还会讲道。且不说十月怀胎，单说我们襁褓时期，母亲每天晚上为了给我们换尿布，她一两个小时就要起来一回，一晚上很难睡个好觉，但是哪位母亲因此累垮了？如果是平常，每晚起来三四次，白天哪里还会有精力干活。不但如此，母亲还要把她最宝贵的生命力变成奶水奉献给子女。它们看上去是奶，其实是来自母亲的液体能量。

可见，母体是子体的生机，它是一种不求回报的大爱。

天地之所以要创造父母，就是让这种大爱一代一代传下去。每一位子女长大后也要为人父母，就是为了让这种大爱延续。这样，世界才是生机勃勃的。正是这样的爱，唤醒了我们生命深处的感动，让我们知道，有没有孝心，是一个人成为人的第一合法性，也是考量一个人有没有生命力的标尺。

从启发良知的角度，人也要孝敬父母。母亲十月怀胎的辛苦，有首《十月怀胎歌》大家可以听听。其中有几句"十月怀胎在娘身，娘奔死来儿奔生。娇儿平安落下地，为娘九死又一生"，是说孩子的生可能意味着母亲的死。这才是辛苦的第一步，生下后还要一点点把他带大，为他操心。张三丰《水石闲谈》有云："人当亲在，须要及时尽孝为佳，否则亲容一去，因时追感，伤情有不可言者。今日当秋山林中，有守制者听吾道来：'又是秋商路满林，碧云天外望亲心。黄芦白草霜中老，泪洒泉台几尺深！'试诵此诗，能弗惨然。"

孝敬父母该从何做起？可以从给父母打一盆洗脚水做起，也可以从给父母做一顿饭做起。有些人一提到孝敬老人，就是给老人钱，给老人买吃喝，这很好，但仅止于此，仍然没有懂得孝的含义。孝的本质是敬。所以，孔子讲："今之孝者，是谓能养。至于犬马，皆能有养；不敬，何以别乎？"如果不敬，就跟动物没两样。

这就说到孝的第二个层次，养父母之心，做让父母高兴的事情。做个好人，忠于国家，在社会上赢得赞誉，都是能让父母高兴的事。在养父母之心方面，我们缺得太多。

父亲有一次生了重病，我带着妻儿回去探望。我平日对睡眠环境要求较高，哥嫂就给我安排了单独的房间。要去休息时，儿子跟了过来，悄悄对我说："爸，我建议你跟我爷爷睡一晚上。"我说："你爷爷的鼾声很重啊。"他说："你就听一晚上又何妨？"我一想有道理，父亲已八十多岁，以后恐怕很难有机会了。

躺在父亲的身边，听着父亲的鼾声，我就特别感激儿子的提醒。童年的一幕幕就从眼前闪过，像过电影一样。有那么一刻，心像被刀子拉了一下。工作之后，我曾许下一个愿望，等自己有了钱，一定要带父母出去旅行一次，让他们坐一次火车，坐一次飞机。母亲在孙子考上大学后，还一起去北京旅游了一次。而父亲则永远没有可能了，他已经失去了出远门的能力，想让他坐飞机都不行了。那一刻，我一下理解了"树欲静而风不止，子欲养而亲不待"这句话的含义。

世界上最等不得的事情就是孝敬老人。而真正孝敬老人，要从不嫌弃老人开始。父亲喜欢讲他年轻时那些光荣的故事。家里每来一个人他都要讲，我就觉得有点烦。以后逢到他讲第一句，我就接着讲第二句，他知道我烦了，就闭口了。但我儿子不是这样，爷爷什么时候讲他都倾听，有时候躺在爷爷奶奶的中间听他们讲大半个晚上。有时我进去，父亲正在给孙子讲当年的事情，一看我进来，就不说了，我当时就感到十分惭愧。

有一次我出差回来，妻子让我看一段视频，打开一看，父亲出来了，正在讲他当年的那些光荣事，无论是背景，还是场景，都有一种专业演播室的味道，一看就知道是儿子导演并拍摄的。父亲坐在一个摆着经典书籍的书桌前，比平时讲得还要精彩。我既忍俊不禁，又羞愧难当，同时又感动于儿子的一番孝心。这对父亲将是一种怎样的安慰，让他觉得当年的那些光荣事没有白干，总算留给了后人，再也没有遗憾。我将父亲接到身边来住，却从未想到过这一点。可见养父母之心，是一个多么细微的工程。

说实话，我和妻子都算孝敬老人的，但是要把父母吃剩的饭菜吃掉，却一直没做到。当有一天，看着儿子把爷爷吃剩的饭菜吃掉，我就不得不改。一天，当我首次把父亲吃剩的菜接过去吃完时，我从父亲的目光里看到了从前一直没有看到过的欣慰，我也确确实实地感受到，只有不嫌弃老人时，才算真正迈进孝道的门槛。

关于儿子孝敬爷爷奶奶的故事，还有许多，我写过一篇散文《大山行孝记》，收录在散文集《永远的乡愁》里。

养父母之心，还有一个非常重要的方面，就是行悌道。这就是《弟子规》里面讲的"兄弟睦，孝在中"，兄弟和睦本身就是孝敬老人，天下父母总是希望儿女们团结、互助、互爱。

我的母亲就是一个悌道的实践者。奶奶临去世给我父母留下了一句话："善待你的哥哥嫂子。"奶奶之所以要以此为嘱，一个很重要的原因是伯母不生育。这一句话就成了我们家的"宪法"。

为此，父亲与伯父他们一辈子没分家。母亲更是一辈子都把我伯母当作自己的婆婆一样对待。记忆中，母亲常常在伯母起来前就把扫院、挑水、掏灶灰、填炕一应事情做完了。每一次做饭的时候，母亲都要请示："嫂子，这顿做啥？"问烦了，伯母就会说："不要再问了，你做就行了嘛。"但下一顿母亲仍然是："嫂子，这顿做啥？"一辈子就这样。

从后来母亲帮我们带孩子时闹出的笑话，我们可以知道她老人家将这种习惯强化到何种程度。一天，妻子正在上课，母亲推开教室门，妻子问有什么事，不想母亲问："土豆是切成条呢，还是切成块呢？"惹得学生大哗。当妻子给我描述这个细节的时候，我的眼泪就下来了。母亲连土豆切成条还是块的主都做不了。这种状态，已经是古人讲的"忘我"状态了，没有自己了。

伯母每一次生病，母亲都像护工一样忙前忙后。伯母是小脚，每一次母亲给她拆洗裹脚布的时候，因为味儿不好闻，我们都躲得远远地，但母亲从未嫌弃过。公社里建了一个养老院，我们兄弟去看过后，觉得比我们家漂亮多了。回来就说养老院真好，让伯父伯母住进去该多好。就说了这一句话，没想到招来母亲的一顿好打。

现在，母亲已经八十四岁了，还能给我们擀面条蒸馒头吃，成天闲不住，乐呵呵的。我把它视为上苍对她老人家尽悌道的奖励。

养父母之志，是完成父母的理想，也让父母活得有志向。往小了说，做老人的，都希望儿孙们身心健康，

"身有伤，贻亲忧"。往大了说，望子成龙、望女成凤，希望儿孙们能成为国家栋梁。现在经常有报道，年轻人因为工作生活压力等原因跳楼自杀，很多媒体都对社会发出谴责。其实除了社会需要反思，动自杀念头的孩子也应该想到，从楼上一跃而下很容易，但父母的感受呢？如果这些孩子的孝心是打开的，他不可能做这样的事。关键还是在于断根了。

"德有伤，贻亲羞。"道德受伤，伤父母最重。"人从宋后羞名桧，我到坟前愧姓秦"，这是秦桧的后人秦大士到岳飞坟前发出的长叹。宋朝以后，就没有人用秦桧的"桧"起名字了。而姓是没有办法改变的事情，作为秦家后人，他只能感到羞愧。让父母不蒙羞，就是养父母之志。

当下，治贪之所以成为一个难题，犯罪率居高不下，在我看来，正是因为人们的"孝心"是沉睡的，"我"的"幸福"就自然凌驾于家族幸福、民族利益之上了。人们的孝心一旦打开，个人的欲望冲动往往就会被家族责任意识降伏。

如果一个人想到父母还需要他养老送终，就不敢冒险去贪、去腐。一个人无论是做官还是为民，心中始终想着父母，想着家人，就不会轻易地用自己的生命去冒险。要想让官员不贪污，就要让他找到一种比贪污更快乐的东西，那就需要打开他的孝心，让他从孝敬老人中找到快乐，从天伦之乐中找到快乐，因为天伦之乐离我们最近。

中华民族之所以能够绵延五千年，正是因为始终维护这种天伦之乐。它体现在国家意志上，就是以孝治国；体现在家族意志上，就是以孝治家；体现在生命意志上，就是以孝立身。

说"忠孝不能两全"，其实是一个误区。一个忠臣，哪怕血洒疆场，也是在孝敬老人。曾经有些不理解，忠臣战死后，皇帝还要给他许多封赏，到底有什么意义呢？现在才知，这些封赏一是荣耀他的父母，一是荣耀他的子孙后代。这种荣耀感本身就是尽孝。如果把工作、生活理解成这样一种状态，就没有一个人愿意敷衍手中的工作了。

小孝是在爱家中完成的，大孝是在爱国中完成的。比如宋儒张载讲的"为天地立心，为生民立命，为往圣继绝学，为万世开太平"。如果再往大里讲，凡是让爱出发的行动，让爱成就的行动，都可视为孝行，那已经是一种普爱天地万物的生命状态了。

社会主义核心价值观讲爱国敬业，其实爱国敬业的本身就是孝敬。在单位认真做好自己的工作，赢得了赞誉，其实也是孝敬了父母。如果人不明白这个道理，不可能百分之百地敬业。懂得了这个道理，人就会抢着去干活。孝敬不单单是一个向上负责的姿态，还是一个向下负责的姿态。《了凡四训》里说："远思扬祖宗之德，近思盖父母之愆。上思报国之恩，下思造家之福，外思济人之急，内思闲己之邪"古人不是只为自己活着，"立身行道，扬名于后世，以显父母，孝之终也"，是要荣耀他的父母。爱自己的孩子也同样是孝，孩子是传承祖上家业的链条，把孩子毁掉了，祖上的家业也就毁掉了。

孝敬不单单是一个向对方负责的姿态，还是一个向自己负责的姿态。如果没有长寿、康宁、善终，就不可能去爱国爱家爱亲人，连一个好的身体都没有，怎么可能去爱他人？爱他人需要强大的生命力。因此，《孝经》中讲："身体发肤，受之父母，不敢毁伤，孝之始也。立身行道，扬名于后世，以显父母，孝之终也。"

中国人的传统节日。大多都有养父母之志的功能。时代的变化可以让经典传统中断，却无法让民间传统断流。没有谁能把老百姓的春节给取消了。中国人过春节，既是孝敬的演绎、感恩的演绎、狂欢的演绎，还是教育和传承的演绎。大年三十的时候，一族人在祠堂里过大年，其实就是开总结会，看一族人中谁获得国家的奖励最多、获得单位的奖状最多，这是一次无形的激励。更重要的是，当一个人在祠堂里找不到祖先牌位的时候，心中就有一种羞耻感产生，他就会想，仅仅为了他的子孙后代再不蒙受羞辱，也要好好做人。包括春节、清明、端午、重阳等在内的每一个传统节日，都是中国人最天然的孝道教育平台，也是中国人的天然精神营养素。人们在这些化典成俗的节日中接收到的，是孝道的启迪，是一切德行的培养。

孝敬的第四个层面是养父母之慧，就是让父母心安，消除他们对死亡的恐惧。人到老了，都会被死亡的恐惧所折磨。从内心获得安详，是消除对死亡恐惧最好的办法。而安详，正蕴含在深厚的传统文化中。要设法告诉老人，生命中有一个永恒性存在，不要让他觉得他这一生完了就什么都没有了。消除掉第一恐惧，老人才会心安，心安自然身健。我的父亲已经九十高龄，母亲也八十有四，但身体仍然硬朗，这和他们心里怀有安详不无关系。

有些家庭在父母活着的时候不好好孝敬父母，等到父母去世之后，花好多钱去办丧礼。认为丧礼办得越大，对老人的祝福就越深。其实这完全搞错了。真正对老人的祝福，是提高自己的能量。当自己的能量提高了，父母的能量也提高了，因为父母与自己是一体。

再看"八德"——孝、悌、忠、信、礼、义、廉、耻，就会发现，它的根是孝。《大学》讲："所谓治国必先齐其家者，其家不可教而能教人者，无之。故君子不出家而成教于国。孝者，所以事君也；弟者，所以事长也；慈者，所以使众也……一家仁，一国兴仁；一家让，一国兴让；一人贪戾，一国作乱：其机如此。此谓一言偾事，一人定国。"这是讲孝悌和忠信的关系。而一个人一旦心怀"孝悌忠信"，就已经没有理由不"礼义廉耻"了。不可想象，一个大孝子大忠臣还会做出无礼无义不廉不耻的事来。于此，《孝经》和《论语》中都有非常完整的论述。

舜为我们开创了孝的先河，也立下了一个孝的高峰。他的父母几次都要置他于死地，但他一点抱怨都没有，仍然对父母充满孝敬之情。历代皇室也极其注重孝行，汉朝的官制"举孝廉"，孝就占了很重要的一项。一个人如果不孝敬父母，不仅功名无望，在社会上都是很难立足的。后来虽然取消了这种选官的方式，但是对于孝行的倡导却一直延续了下来。

唤醒人们的孝心，培养人们的"孝思维"就成了道德归位的关键，也是文化归位的关键。

五伦的根本是婚姻

据民政部发布的《2013 年社会服务发展统计公报》，2013 年全国依法办理离婚手续的夫妻有三百五十万对。自 2004 年以来，中国的离婚率连续十年递增。为什么会有这么多的夫妻劳燕分飞？许多人都在思考这个问题。但有一点可以肯定，这些夫妻找不到幸福与快乐了。这也是今天社会病象频出的原因。幸福应该源于家的美好。自古以来，中国人讲的幸福是天伦之乐，天伦里面都找不到快乐，维系家庭的纽带也就断了。

那么多夫妇申请离婚意味着什么？意味着孩子很有可能见不到父亲，或者见不到母亲，同时也意味着他们可能成为让父母、学校、社会都头疼的问题少年。离婚之后，夫妇往往会在孩子面前攻击对方，以表示自己的正确性、优越性，给孩子幼小的心灵埋下仇恨的种子。认为世界上要么女人很坏，要么男人很坏，要么男女都坏，让孩子从小对爱情和婚姻产生恐惧感，甚至对人本身产生怀疑。

我有一次到某监狱去给未成年服刑人员讲课。刚走进去，那些孩子就唰地站起来，齐唱《世上只有妈妈好》。我的眼泪就下来了。后来了解，这些孩子中的很多一部分，生下来都没见过妈妈，但他们却给我们唱《世上只有妈妈好》，怎么不让人唏嘘。

离婚的夫妻想得更多的是自己的幸福，然而孩子是无辜的，这会给他们的心里留下阴影。高离婚率的背后，纵然有一万条不同的理由，但有一条是相同的，那就是双方都少了些对孩子的爱和责任。

一些夫妻为了弥补离婚对孩子的亏欠，遂对孩子百依百顺，结果又宠坏了孩子。从这样的家庭中走出来的孩子，在性格上一定是有缺陷的。有的孩子或许学习成绩很好，但他脸上没有笑容，拒人于千里之外。这样的孩子，很难和人们和谐相处。一个人的成长需要两种能量，一种来源于父亲的阳刚之气，一种来源于母亲的阴柔之气。阴阳和合谓之道。这是夫妻责任最为核心的内容，也是传家的根本所在。庄稼如果只晒太阳，没有月光，长不高，反之亦是。只有父亲没有母亲，或者只有母亲没有父亲，能量都是残缺的。孩子是一个生命，是天地之子，是爱的传人，我们不能对他不负责任。

如果把一个问题孩子推向社会，会给社会带来无尽的麻烦。当一个家庭破碎了，孩子的心灵也随之产生了裂痕，将来他很难体会幸福，也很难给别人带来幸福。

一个家的和谐，意味着一个孩子心灵的和谐，而一个孩子心灵的和谐，则意味着国家的和谐。国家是一个整体，每一个心灵单元是它的细胞，细胞若不和谐，整体又何谈和谐。从一定意义上讲，爱家就是爱国。

现在的离婚率高，与这一代人的成长有一定关系——他们是在"换"的思维中长大的。有一种家长，给孩子一天提供十个玩具；另一种家长呢，让孩子一天只玩一个玩具。两种玩法决定了两种活法。一天玩十个玩具的孩子，他会产生一种生命的惯性，觉得这个玩具不好，就换一个新的，是"换"的思维。一天把一个玩具玩十遍的孩子，玩着玩着没什么好玩了，拿过来换一个角度再玩，把一个玩具换十个角度玩十遍。两种玩法，导致了两种活法，也导致了对待婚姻的两种态度。

一个人来到这个世界上，总要与同类和睦相处，就要首先处理好各种伦常关系，包括天伦、人伦与物伦。而人伦是人们必须首先处理好的。人伦有家庭与社会两大方面。家庭包括夫妇、父子与兄弟三组关系，社会包括上下级关系和朋友关系。

子夏说："贤贤易色；事父母，能竭其力；事君，能致其身；与朋友交，言而有信。虽曰未学，吾必谓之学矣。"重视妻子的贤惠而不看重她的容貌，侍奉父母能够竭尽全力，服侍君主能够奉献自己的生命，和朋友交往能够信守承诺。这种人即使自谦说自己没学过什么，我必定说他已经学过了。

子夏把夫妻关系放在首位，可见它是五伦的基础。试想一下，一个从小就开始仇恨父母的孩子，长大后"事父母"，能"竭其力"吗？"事君"，能"致其身"吗？"与朋友交"，能"言而有信"吗？这样看来，儒家讲，夫妻关系是"人伦之始""王化之基"，非常有道理。

感动的背后是珍重

有一天晚上，我都躺在床上准备休息了，突然听到一个声音对我说："爸，洗个脚再睡觉吧。"好久都没有做过好梦了，今天怎么做了这么美的一个梦！睁眼一看，儿子就在床前，床前放有一盆洗脚水。我语无伦次地起身，把双脚伸到洗脚盆里面，确实感觉比自己打的洗脚水温暖，双脚都有化掉的感觉。第二天一大早起来，又听见儿子说："爸，吃完早点再去上班吧。"一看早点已经做好了。

那一个假期，我常常有种进入了另一个星际的感觉。每天上班特别有劲，盼望着下班时间早点到来。我非常贪恋一回家儿子递过一杯水的感觉、接过包的感觉、在身上蹭一蹭的感觉，觉得家就是天堂。为此，我差不多把所有的应酬都婉谢了，一下班就准时回家。我身上的许多毛病也改掉了。更加注意言行，寻找着一个父亲的角色感，尽量做到位。还能够对照《弟子规》和《朱子家训》，修改一些自己的行为。同时发现自己对待妻子也和以前不一样了，多了几分尊重，甚至客气，尽可能往儿子认为的标准丈夫上靠。否则，我就觉得对不住那一盆洗脚水，对不住那一份早餐。一次，妻子有一件事没有做到位，我居然没有生气，而是自己动手矫正了它。儿子看在眼里，说，我爸真进步了。他知道，如果是从前，我非得生气不可，弄不好要因此和妻子吵起来。后来想，自己之所以进步了，是因为不好意思生气了；否则，就对不住那一盆洗脚水那一份早餐了。

一天，我在日记上写了这样一句话："感动是最好的改造人的力量，它的背后是珍重。"只有感，才能动；没有感，动不了。换句话说，感动才是最好的改造力。是啊，自己曾经指责过、呵斥过那么多次，把谁改造了呢？但是儿子的一盆洗脚水，就能让一位生性苛刻的父亲变得柔软起来。

也许是上苍要让我更加深入地体会感动。曾经，我的命运进入低谷，就在这时，妻子以柔弱的肩膀给了我最有力的分担和支持。岳父一家更是鼎力相助，家务事基本都替我们担当了，让我安心在全国做志愿者，帮助更加需要帮助的人。妻侄们身上表现出的仗义，同样让我们感动。正是这种感动，让我更加珍重这份情义，更加善待妻子。几年来，我们之间很少有不愉快的事情发生了。这些年，我的一些演讲，之所以能够让一些闹矛盾的夫妻握手言和，包括让一些破碎的家庭破镜重圆，大概是和自己的现身说法有关。

同样是在那个生命低谷期，一天晚上，有几位跟我一块儿学习《弟子规》和《了凡四训》的同学，硬要叫我们夫妻二人出去，说有个急事。到了饭桌上，我就愣住了，原来那一天正好是我的生日。当朋友把"生日皇冠"戴在我头上的时候，多少事情面前没掉眼泪的我，眼泪下来了。那两年，就是这些朋友和我们一道度过了生命中非常值得怀念的一段岁月，也让我更加坚定了踏上超越性人生之路的决心。

一天，有位母亲委托朋友给我送来一包野菜，说在我和另外几位好心人的帮助下，她女儿的抑郁症好了，让她一直悬着的心放下了。因为家庭困难，她买不起别的东西来表达一份感激之心，只有一根一根地摘些野菜送来，表达一位母亲由衷的感激。捧着那包野菜，我既感动又惭愧，自己付出了这么一点点，就能得到一位母亲如此的感激。我给妻子说，这已经不是一包野菜，而是一份母亲的期许，它鼓励我，要把这条公益之路走好。

也就是在儿子给我端洗脚水的那个假期，我开始给父亲洗脚。当时的感受特别强烈。当我的手碰到父亲的脚底的时候，一种来自肌肤接触的亲情从心底涌动起来。同样让我惊喜的是，之后，我让父亲改正他的一些不良习惯，比如抽烟，他居然不像以前那样反对，而是表示接受。不久，他就真把烟戒掉了。曾经每当我建议，他都是反驳，理由充足得让你找不到一点突破口。这也让我联想到平常的思想政治工作到底应该怎么做才有效果。

因此，在一些论坛的答疑中，我常常给一些抱怨甚至仇恨父母的青少年讲，如果父母关系不和，除了他们的问题外，更要在自己身上找原因。一个人下了决心要解散这个家庭，一定是这个家里面没有温暖了。家是如此，社会也是如此。只要我们真干，在不断地感动之中，就会把世界从非和谐带到和谐状态。我们甚至可以认为，感动是宇宙法则。

如果我们的夫妻关系不够好，不要吵，不要争，只有一个办法，那就是感动。感动里面有一个很重要的方面，就是妥协。真正聪明的人，会娴熟地运用这个方法。妥协是最厉害的战斗力。跟其他的朋友相处这一原则也适用。因为没有哪一个人能把拳头伸向一个妥协的人。这种妥协，事后会变成感动。妥协是一种姿态，它的底部是敬。"敬"里面有能量，"敬"会产生感动，为什么要讲"相敬如宾"呢。很多人一结婚，把"敬"字丢了。

有许多家长跟我倾诉，孩子叛逆，自己都把心肝掏出来了，但是孩子不买账，自己很苦恼很痛苦。我说："这句话里面就包含着一个不敬，换句话说就是有求心。"我把我的心肝掏给你，就是为了要你听我的。这是不对的。当动了求心之后，对孩子的关爱就会变成压力。只有无求心做前提的关爱才能被对方接受。因为无求的背面是感动。对于对抗情绪非常强烈的孩子，感动是最好的方法。一定要先沉默一段时间，千万不要再唠叨，然后用心在他身上寻找切入点，用感动去改变他，效果会很明显。

最重要的播种原理

　　常识告诉我们，要给生命的面缸里装进面粉，就要找一块肥沃的土地去播种，这个土地就是人的心。古人有副对联："心田存一点子种孙耕，世事让三分天阔地宽"，即言心为田地。那种子呢？就是人的念头。那哪一个念头产量最高？《了凡四训》里面讲："有百世之德者，定有百世子孙保之；有十世之德者，定有十世子孙保之；有三世、二世之德者，定有三世、二世子孙保之。其斩焉无后者，德至薄也。"如果把"百世子孙保之""十世子孙保之""三世二世子孙保之""斩焉无后"视为产量，其对应的种子就是"百世之德""十世之德""三世二世之德""德至薄也"。而这四个层面的德，追究到最后，其实是一个个念头的组合。念头的境界决定了德行的深浅。按照古人的说法，救人之灵性最有功德，其次为救人之灵魂、救人之身体、救人之环境。

有一些职业，不但不能往心田播种庄稼，还在播种杂草，比如污染环境的职业，污染人类心灵的职业，损害人们健康的职业。比如有些人专门卖死猪、病猪肉，腐臭的肉无法直接销售，便做成香肠，运送到全国各地销售。还有一些人专门卖死鸡，甚至把因鸡瘟而掩埋掉的鸡挖出来再卖，那鸡都烂到无法提起来了，他们就把爪子和脖子弄下来，用硝酸处理，卖给一些饭店，做"凤爪""凤脖"。这些从业者，不用说，是属于"德至薄也"那一类。他们不但给消费者带来灾难，也会给家族带来灾难。

孔子讲忠恕之道，"己所不欲，勿施于人"，说的就是这个道理。自己不愿意吃坏掉的肉，就不要卖给别人；自己不愿意硝酸中毒，就不要用它加工肉制品；自己不愿意吃重金属中毒的海鲜，那让海洋产品遭到污染的这些人就要负责任。这种给人带来灾难的职业，一定是"德至薄也"，而"德至薄也"对应的则是"斩焉无后"。

孔子创下的业绩是真正的百世之业，甚至可以说千世之业。孔氏家谱已经记到八十三代了。孔子选的职业是替老天在大地上建立一套心灵秩序，为历史存正气，为世人弘美德，让人间有正道、有正能量。换句话说，他办的这个"企业"是生产能量、生产福气的，而且这个能量是跟天地同志、同源、同频的。他教给人们一个字："仁"。可见，凡是播种"仁"的职业都是"百世之德"，凡是能持续产生正能量的智慧系统、生命工程就是"百世之德"。

《曾国藩家书》有言："吾细思凡天下官宦之家，多只一代享用便尽。其子孙始而骄逸，继而浪荡，终而沟壑，能庆延一二代者鲜矣。商贾之家，勤俭者能延三四代。耕读之家，谨朴者能延五六代。孝友之家，则可以绵延十代八代。"咸丰四年（1854 年），当时已经官居正二品的曾国藩给老家的兄弟寄去了一封信，信中写道："吾家子侄半耕半读，以守先人之旧，慎无存半点官气。不许坐轿，不许唤人取水添柴等事。其拾柴收粪等事，必须一一为之；插田莳禾等事，亦时时学习之。""子侄除读书外，教之扫屋、抹桌凳、收粪、锄草，是极好之事。"咸丰十年（1860 年），升任两江总督的曾国藩在给儿子曾纪泽的信中又说："昔吾祖星冈公最讲求治家之法，第一起早；第二打扫洁净；第三诚修祭祀；第四善待亲族邻里……此四事之外，于读书、种菜等事尤为刻刻留心。故余近写家信，常常提及书、蔬、鱼、猪四端者，盖祖父相传之家法也。"

曾国藩后来将他祖上的"耕读"生活归纳成八个字："书、蔬、鱼、猪、早、扫、考（祭祖）、宝（维护亲族和睦）"，也是曾氏家族所谓的"治家八诀"。曾国藩的父亲曾麟书也亲自撰写过一副对联作为家训："有子孙有田园家风半耕半读，但以箕裘承祖泽；无官守无言责世事不闻不问，且将艰巨付儿曹。"后来，曾国藩在他祖父的"治家八诀"基础上，又提出了"耕读孝友"的治家主张，正是因为他认为"孝友之家，则可以绵延十代八代"。

《了凡四训》为我们详尽地介绍了高能量职业的种类：

随缘济众，其类至繁，约言其纲，大约有十：第一，与人为善；第二，爱敬存心；第三，成人之美；第四，劝人为善；第五，救人危急；第六，兴建大利；第七，舍财作福；第八，护持正法；第九，敬重尊长；第十，爱惜物命。

何谓与人为善？昔舜在雷泽，见渔者皆取深潭厚泽，而老弱则渔于急流浅滩之中，恻然哀之，往而渔焉。见争者，皆匿其过而不谈；见有让者，则揄扬而取法之。期年，皆以深潭厚泽相让矣。夫以舜之明哲，岂不能出一言教众人哉？乃不以言教而以身转之，此良工苦心也！

吾辈处末世，勿以己之长而盖人，勿以己之善而形人，勿以己之多能而困人。收敛才智，若无若虚。见人过失，且涵容而掩覆之，一则令其可改，一则令其有所顾忌而不敢纵；见人有微长可取、小善可录，翻然舍己而从之，且为艳称而广述之。凡日用间，发一言，行一事，全不为自己起念，全是为物立则，此大人天下为公之度也。

何谓爱敬存心？君子与小人，就形迹观，常易相混，惟一点存心处，则善恶悬绝，判然如黑白之相反。故曰："君子所以异于人者，以其存心也。"君子所存之心，只是爱人敬人之心。盖人有亲疏贵贱，有智愚、贤不肖，万品不齐，皆吾同胞，皆吾一体，孰非当敬爱者？爱敬众人，即是爱敬圣贤；能通众人之志，即是通圣贤之志。何者？圣贤之志，本欲斯世斯人，各得其所。吾合爱合敬，而安一世之人，即是为圣贤而安之也。

何谓成人之美？玉之在石，抵掷则瓦砾，追琢则圭璋。故凡见人行一善事，或其人志可取而资可进，皆须诱掖而成就之。或为之奖借，或为之维持，或为白其诬而分其谤，务使之成立而后已。

大抵人各恶其非类，乡人之善者少，不善者多。善人在俗，亦难自立。且豪杰铮铮，不甚修形迹，多易指摘。故善事常易败，而善人常得谤。惟仁人长者，匡直而辅翼之，其功德最宏。

何谓劝人为善？生为人类，孰无良心？世路役役，最易没溺。凡与人相处，当方便提撕，开其迷惑。譬犹长夜大梦，而令之一觉；譬犹久陷烦恼，而拔之清凉。为惠最溥。韩愈云："一时劝人以口，百世劝人以书。"较之与人为善，虽有形迹，然对症发药，时有奇效，不可废也。失言失人，当反吾智。

何谓救人危急？患难颠沛，人所时有。偶一遇之，当如痛痒之在身，速为解救。或以一言伸其屈抑，或以多方济其颠连。崔子曰："惠不在大，赴人之急可也。"盖仁人之言哉！

何谓兴建大利？小而一乡之内，大而一邑之中，凡有利益，最宜兴建。或开渠导水，或筑堤防患；或修桥梁，以便行旅；或施茶饭，以济饥渴。随缘劝导，协力兴修，勿避嫌疑，勿辞劳怨。

何谓舍财作福？释门万行，以布施为先。所谓布施者，是"舍"之一字耳。达者内舍六根，外舍六尘，一切所有，无不舍者。苟非能然，先从财上布施。世人以衣食为命，故财为最重。吾从而舍之，内以破吾之悭，外以济人之急。始而勉强，终则泰然，最可以荡涤私情，祛除执吝。

何谓护持正法？法者，万世生灵之眼目也。不有正法，何以参赞天地？何以裁成万物？何以脱尘离缚？何以经世、出世？故凡见圣贤庙貌、经书典籍，皆当敬重而修饬之。至于举扬正法，上报佛恩。尤当勉励。

何谓敬重尊长？家之父兄，国之君长，与凡年高、德高、位高、识高者，皆当加意奉事。在家而奉侍父母，使深爱婉容，柔声下气，习以成性，便是和气格天之本。出而事君，行一事，毋谓君不知而自恣也；刑一人，毋谓君不知而作威也。事君如天，古人格论，此等处最关阴德。试看忠孝之家，子孙未有不绵远而昌盛者，切须慎之。

何谓爱惜物命？凡人之所以为人者，惟此恻隐之心而已；求仁者求此，积德者积此。《周礼》："孟春之月，牺牲毋用牝。"孟子谓："君子远庖厨。"所以全吾恻隐之心也。故前辈有四不食之戒，谓闻杀不食，见杀不食，自养者不食，专为我杀者不食。学者未能断肉，且当从此戒之。渐渐增进，慈心愈长。不特杀生当戒，蠢动含灵，皆为物命。求丝煮茧，锄地杀虫，念衣食之由来，皆杀彼以自活。故暴殄之孽，当与杀生等。至于手所误伤、足所误践者，不知其几，皆当委曲防之。古诗云："爱鼠常留饭，怜蛾不点灯。"何其仁也？

善行无穷，不能殚述。由此十事而推广之，则万德可备矣。

幸福观和喜悦

要想让人们离开低层次生命状态，必须给他找到一个高层次的出路。追求喜悦是人的本能，当一个人尝到高层次喜悦，低层次快乐会自动停止。

停琴待月
辛未秋八月
静文齋製牋
浩如

长寿的学问和表现

我曾到南京去看望一位老人，朋友介绍他已经一百三十八岁。见到老人时，他说话声音洪亮，走路稳健有力，和我们聊了两个小时，思路清晰，不喝一口水。墙上挂着另外一位老人的照片，看上去仙风道骨。他介绍说是他父亲，活了一百七十八岁。没想到现实生活中居然有如此长寿的人。

许多人退休以后往往会有种失落感，认为退休了，人生的黄金阶段就结束了，要么养猫养狗，要么养花养草，要么打牌，更多的老人待在家里不出来，又没有活干，马上就衰老了。一个人从忙碌的工作岗位上退下来后，常常有一种无着感、无聊感与无奈感，觉得过日子就是推日下山。

古人到了五六十岁的时候，会进行人生的转段，要么从世俗生活阶段转入生命解脱阶段，要么从个人奋斗阶段转入家族传承阶段。修祠堂、续家谱、制定家规、修订家训，把自己的一生与整个家族的链条连上。这样，他就会忘掉衰老，自然就会长寿。

新加坡有一位老太太叫许哲，一百一十岁的时候还能做高难度瑜伽动作，整个人十分有精神。她一辈子都在帮助穷人，帮助孤残的人。她在世界上建的孤儿院她自己都记不清了，人们捐给她的钱她都花不完，但她的衣着却十分寒酸。她说："我平常跟穷人打交道，我要穿得跟他们一样，才能走进他们中间去啊，穿得太好了，会给别人压迫感。"

可见，长寿的秘诀在助人为乐里。古人讲"仁者寿"，就是这个道理。为什么做公益的人能长寿呢？他拥有的能量高。他的付出是不求回报的，他的心态一直保持在奉献上，没有别的念头，早晨一起来就想着帮别人，想着爱别人。而心理学已经证明，一个不求回报的利他者，他的生命能量将是普通人的很多倍。事实上，这些忘我的利他者，都没有把能量全部用作保养身体，去希冀长寿，而是留作提高生命层次、转换能量自由度上了，长寿只是用了其中的一点点而已。

乌龟和兔子赛跑，兔子跑得快，乌龟跑得慢，但是放到一个更长的时间段里看，乌龟跟兔子谁最后是赢家呢？兔子跑得快，但兔子命短，乌龟跑得慢，但它长寿。当今的人立志也好，人生规划也好，往往把长寿忽略了。

在人类的历史长河中，中华民族是最有生命力的民族之一。为什么中华民族拥有如此强大的生命力？在我看来，它是一个懂得维护、保持自己生命力的民族，而传统文化的核心，就是让人的生命力永远处在一种生机勃勃的状态。

专题片《大国崛起》讲述了世界上许多的民族，你方唱罢我登场，好多民族都消亡了。当年葡萄牙、西班牙掠夺了超当时世界总产量三分之二的黄金白银，但不多时就衰落了。中华民族虽然经历了风雨，却一直屹立于世界民族之林。对比一下，就会发现，但凡衰落的民族，都秉持着利我逻辑、殖民逻辑、霸道逻辑。而中华民族的育人理念是，"凡是人，皆须爱；天同覆，地同载"，所以它长寿。

真正的"长"在"中国"的"中"里，因为"中"，所以"长"。《中庸》里面有一句话，"喜怒哀乐之未发，谓之中"，它永远没发出来，就永远不会凋谢。中国人的思维方式是中庸之道。孔子甚至说，"中庸之为德也，其至矣乎"，将其看作是最高道德。因为我在"中"，我就在原点，我在"中"，我就在根上。花朵一年一凋零，但根却永远在。

"中"就是做任何事情不追求极端，所以中华民族拥有了五千年的长寿，我敢肯定再过五千年，中华民族仍然存在，因为中国人的基因性的价值观是中道。

太极拳核心的理论基础就是"中"，它的速度是心跳的速度，是血液流动的速度，是天人合一的速度。它是一种养生的锻炼，养的是生机。

中国这片土地有春、夏、秋、冬，"春有百花秋有月，夏有凉风冬有雪"，天地对中国人是厚爱的，让人体会到春生、夏长、秋收、冬藏，完完整整地体会生命的过程。春夏秋冬的核心在哪里？就在"中"上。

这让中国古人天然地拥有"四季思维"。现代人放弃"四季思维"，灾难就多起来。现代人普遍追求高潮，其实高潮是低潮的另一面而已，到达高潮的时候意味着低潮马上就要到来。这对人生有非常大的启迪意义：一个人在特别得意的时候，要警惕。越得意的时候，要越想到低谷。高潮意味着低潮就要到来，而当你到达低潮的时候，意味着又一个高潮即将到来。曾国藩讲人生最好的境界是"花未全开月未圆"，他知道花只要一开就要谢，月只要一圆就要缺，他用一种心态来做平衡，事上花开，心上花不开。

如果找不到根本快乐，一切需要条件做保障的快乐，都是短暂的，稍纵即逝。而"中"是一个海平面，它永远在，我也不做浪花，我也不做瀑布，我也不做飞流，我就做大海，它是一个平面，它是永恒的。所以，儒家讲"君子中庸，小人反中庸"，中庸之道既是方法论，也是道德，也是长寿的秘诀。

说得再简单一些，长寿的秘诀就两个字：信念。这是一种来自对生命真相洞彻之后的信念，那就是，如果大老板还需要我，他就不会让我轻易下岗。也许有人会说，这不和你的能量说相矛盾吗？事实上不矛盾。一个人如果能量不够，是不会生起这个自信的。因此。心理学家霍金斯把自信定为正能量和负能量的分水岭。

长寿不单单是对应于人的一个概念，家族、民族也有长寿的问题，一本书一出剧一种思想也有长寿的问题。长寿也不单单是一个相对于身体的概念，它还涉及情感、精神、道德。有些人身体长寿，但情感、精神、道德已经早夭了；有些人虽然早逝，但他留在这个宇宙间的情感、精神、道德却不朽。

为此，老子说："不失其所者久，死而不亡者寿。"从更加究竟的层面上讲，真正的长寿是无极之寿，那是生命的本质地带，是一个无生无灭的永恒地带。

富贵的学问和表现

什么是富贵？"富"好理解，就是有钱、有物。但是"贵"呢？贵是一种受人尊敬的状态。

有一位企业家跟我说，自己一个人晚上都不敢出门，一出门总觉得有人在尾随他；平常出去跟人吃饭，不敢吃分餐，盘子里的菜，别人夹一筷子，他才敢夹第二筷子。他问我怎么办。我说非常好办，高调行善，让全国人民都知道你的钱做公益了，这个焦虑就没有了。他就真做起来。过了一段时间，我们又坐到一块儿，他高兴得不得了，说："不但那个毛病没了，而且还找到了一种之前从来没有体验过的快乐。"他现在什么时候最开心呢？是拆阅他帮助过的那些孩子给他的来信时最开心。他没有想到，读信成了他人生的一大享受。他的生命状态从富变成了贵。

我们完全可以想象孔子这样的圣人一生的喜悦。有许多人说孔子如何苦，如何如丧家之犬，那是压根儿不懂孔子的喜悦，他周游列国播撒的就是这种来自"贵"的喜悦。一个人的生命观高尚，价值观就高尚；价值观高尚，人生观就高尚；人生观高尚，肯定会赢得人们的尊重，肯定会走到哪里就把生机带到哪里。虽然当时人们可能认识不到这一点，但它是种子，迟早会长成参天大树。

贵之人格的典型历史上太多了，古圣先贤、民族英雄，虽然已经去世了，但他们的精神永远活着，这就是一种"贵"。把富和贵分别开来，强调由富转贵，是中华民族的智性优势。晋商为什么能够把家业传五六百年？如果没有一种让能量保持的系统，是不可能的。一个家业传六百年，靠的是"贵"这样一种生命状态。大多数晋商、徽商生活非常节俭，却把赚的钱大量捐给国家，捐给公益事业。他们明白，赚钱只不过是把祖先留下来的面缸里的面粉做成了面包而已。面缸里没面粉，再有本领也做不出来面包。所以，他们修祠续谱兴学，感谢祖先的恩德，通过感恩把"富"变成"贵"。

孔子有个学生叫子贡，当年做生意做到什么程度呢？《史记·货殖列传》记载："子贡结驷连骑，束帛之币以聘享诸侯，所至，国君无不分庭与之抗礼。"子贡是当时的首富，但不是"土豪"富，而是"贵"富。孔子周游列国，是他解囊资助；孔子困于陈、蔡，是他搬来援兵解救。这是行，再看他的言。齐景公问子贡拜谁为师，子贡回答说拜孔子为师。齐景公问，孔子贤德吗？子贡回答，贤德。齐景公问，怎么贤德？子贡说，不知道。齐景公说，知道孔子贤德，却不知道哪里贤德，又是怎么回事？子贡回答说，现在都说天很高，无论是老人小孩还是愚昧聪明的人都知道天很高。可是天有多高呢？却都说不知道。如同我知道孔子很贤德，却不知道他到底有多贤德。

若是心中无贵，说不出这样的话。孔子仙逝之后，别的学生守墓三年，子贡一守就是六年，六年之后才去赚钱。这是大贵。

当人们看到，如今孔子墓前不是他的家人，而是学生子贡的庐墓相伴时，充溢在心里的，我想已经不仅仅是感动。

这是古人。在当今社会，被称为"经营之圣"的日本企业家稻盛和夫，也是一个既富又贵的人。有意思的是，当记者问他是靠什么创造了商业奇迹的时候，他却十分谦虚地说，他本没有创造什么商业奇迹，如果说做出了一点成绩的话，也是孔孟哲学的功劳，因为他是按照中国的孔孟哲学来经营企业的。子贡被称为"儒商第一人"，官为宰相；稻盛和夫被称为"经营之圣"，拥有众多世界性商业和公益组织的头衔。二人的成就，让人思考一种穿越时空的普遍规律，那就是："是故君子先慎乎德。有德此有人，有人此有土，有土此有财，有财此有用。德者本也，财者末也。"

可见，由富变贵，只需转一个念头，把"我要"变成"我给"，就"贵"了。当把"我要"变成"我给"的时候，生命能量呈几何倍数地增加。

荀子说，如果我们的道德基础不够，财富甚至都可以看成是祸患。真正懂道理的人，不认为赚钱都是好事。他要看财富的质量，而不仅仅追求数量。有质量的财富一分钱可生无量福，因为它的背后是人格，是天地之心。

2007年10月28日，第四届鲁迅文学奖颁奖典礼在绍兴举行。从鲁迅先生的儿子周海婴先生手里接过获奖证书的那一刻，我的眼前闪现出一串身影，有我的亲人、恩师、领导、同事、朋友、学生。其中有一位让我心生疼痛，那就是我的初中班主任刘富荣老师。当时，就动了个念头，回去后一定要去看望老师。

当我出现在刘老师面前我感觉到他有点意外，但很喜悦。

刘老师住的房子只有几平方米，既是办公室，又是宿舍，又是厨房，一张单人床占去大半，地中间是煤炉，墙角是煤炭，门后一辆沾满泥土的自行车，窗前一个摆满了学生作业的小课桌。但我没有从他的表情中看到一点难为情。过了一会儿，他把抽屉拉开，说："文斌你看，你写给我的信我都存着呢。"我一看那些信，眼泪就下来了。

我自离开刘老师后，在不同的学校、不同的单位，用不同的信封和笔迹写给他的信，他都整整齐齐码在那里。刘老师写给我的信，我因为搬家早就不知道放在哪里了。我坐在那里，透过泪光，当年的岁月一幕幕在我眼前展开：

记得毕业，每一名同学凑了两角钱，给每位老师买了一个洋瓷盆子作为纪念。其他老师的都送出去了，刘老师却坚决不接受，最后干脆关上了宿舍门。这时候，另一位老师说："刘老师，开门，校长等你啦，要搞毕业典礼了。"

刘老师才出来，我们已经在教室门前列好队。他说："同学们等一等，老师马上回来。"他跑步出去，跑步进来，手上是一沓崭新的两角钱。他要给我们每一名同学发两角钱。他说："同学们，你们的礼物我收下，但我的礼物你们也要收下。"我们当然不愿意接受。刘老师就拿出杀手锏："如果你们不接受，我就不给你们发毕业证。"对此，当时我们有些不理解，甚至觉得他有些绝情，现在看来，他在给我们上最后一课。

有一天上课，班长说："同学们，好好复习啊，刘老师昨天回老家了。"大家问："干嘛去了呢？"班长答："做新郎官去了。"没想到，过了几分钟，刘老师从教室门外进来了。他浑身上下都在冒着热气。他有些不好意思地看了我们一眼，走上讲台，气喘吁吁地写下课题，开始讲课。下课以后我们就议论，说刘老师肯定是包办婚姻，肯定不爱师母，不然的话怎么昨天回去，今天就返校了。

但事实证明，我们都错了。教育局看到我们那届考得特别好，就调刘老师到县教师进修学校任教。没想到两年后，他强烈要求调到一所乡下中学任教，因为师母在那里务农，他要回到师母身边。我在教育局当过两年秘书，知道许多人为了进城，真是把局长的门槛都踏断了。他到了县城又要调回去，可见他与师母的感情之深。原来他当年之所以夜行百里，只是不愿意耽误我们的一堂课而已。

刘老师很清贫，教了我们那么多年，在我的印象中，没有看他换过新衣服。那次他结完婚从老家回来，转身写字的时候，我们发现他后腰地方露出来半截新布——做新郎官，添了一件上衣，居然不好意思穿在外面，而是套在一件旧衫子里面。因为领子系得很严，我们没发现，一写字才露馅儿了。

刘老师的儿子考上了大学，我打电话让他到银川来，我们给他送行。临行前，我让妻子准备了一个红包，没想到根本送不到他手上，那神态让我再次想起刘老师当年拒收我们礼物的情景。

我就给儿子说，你想办法让弟弟把这个红包带走。儿子趁他上卫生间不注意的时候，把红包装在他的眼镜盒里面。火车开了，发给他一个短信，才让他把那个红包带走。

试想，这样的一个孩子，将来做了高官会贪污吗？

他现在能够面对你的红包不动心，将来就会面对巨额贿赂不动心。所以，刘老师传的是什么呢？传的是家风，是人格，传的是一种高能量的生命姿态，这就是"贵"。中国人讲究传贵不传富，他知道富不永恒，贵永恒。流传至今的《朱子家训》谆谆教诲后人"勿营华屋，勿谋良田"，而要"读书志在圣贤""为官心存君国"。

贵为君子，贱为小人。这已经是中华民族的集体认同。中华民族之所以五千年不倒，有一个重要的原因，那就是有一个脊梁性的人格没有倒塌，这个人格，就是君子人格。

君子人格的特征，就体现在"贵"字上。"君子怀德，小人怀土。"君子在乎的是道德，不在乎利益，不在乎环境，不在乎待遇。"君子怀刑，小人怀惠。"君子注重的是他做的这件事情对社会公德有什么贡献，不在乎实惠。"君子周而不比，小人比而不周。"君子考虑全面，考虑整体；小人考虑个体，考虑局部。"君子矜而不争，群而不党。"君子什么时候看上去都是灿烂的严肃的美好的，不结党营私，不拉帮结派。"君子泰而不骄，小人骄而不泰。"君子无论什么时候看上去都泰然若素，绝不骄傲，小人则相反。"君子坦荡荡，小人长戚戚。"君子睡得香，吃得饱，因为君子心中没有自己的担忧，如果有担忧，是为了天下人而担忧。"君子有终身之忧，无一朝之患。"君子志在成就自己的人格，不会患得患失。"君子无忧无惧。"之所以无忧无惧，是因为君子活在一种超越性的知天命的境界里。"君子之德风，小人之德草。草上之风，必偃。"君子活在大地上，就像春风一样，所到之处，万物葱茏。他是这个大地的晴雨表、风向标。

不管是经商、做官还是从文，君子无一例外都是盯着一个方向去的，那就是君子人格，目的是"贵"。

康宁的学问和表现

康是没病，宁是没灾。但现在谁能保证自己没病，谁能保证自己没灾呢？山东电视台的吕明晰导演在讲课时做过调查，一年没进过医院的，在人群中占百分之一；五年没进过医院的，占千分之一；十年没进过医院的，占万分之一。就可以知道现代人的健康状况堪忧，大多数人处于亚健康状态，尤其严重的是焦虑症。据报道，2011 年中国精神病患者达到一千六百万人。

原因出在哪里？在我看来，是这些人没有找到一个向上的出路。大家都在非本质非安详层面奋斗，一旦进入死胡同，又找不到向上的出路，就出不去了。

如果从社会学的角度看，不康不宁有多种原因，但是如果从能量的角度看，是生命库里的能量不够了，形象地说，就是面缸里没面粉了，或者面粉不够了，这是面粉亏欠的一种必然表现。

总结古人的说法，通过大量的实例验证，我发现，凡是一个人生活得不如意，除客观原因外，还有四个主观原因：第一，不孝敬老人；第二，夫妻关系不和谐；第三，拿过不干净的钱；第四，做过亏心事。

不孝敬老人，能量就断掉了，相当于把根拔掉了，根和枝干脱离，生命之树就会枯萎；夫妻关系不和谐，生命大树的枝干就病了，花叶就会凋零；拿过不干净的钱，做过亏心事，相当于树得了病虫害。

有的人不发财家里还平安，一发财就有事；不提拔还平安，一提拔就有事；不住大房子还平安，一住大房子就有事。因为他把他康宁名下的专项生命能量转移到财富、房子、官阶上面去了。

一个人能否合理地分配生命能量，显示出他的智慧程度。不然，即使他拥有全世界的财富，也没有幸福可言。从整体论的角度看，"康""宁"互为前提。有些人暂时有"康"这一福，但"宁"没有，要么孩子不听话折腾得要死要活，要么妻子闹别扭，要么丈夫有外遇，要么跟领导有矛盾。时间久了，"康"这一福就会出问题。

一个人的神不闲，就会气不定，气不定，就会生病。那么，如何才能避免和减少得病呢？《黄帝内经》讲："恬淡虚无，真气从之，精神内守，病安从来？"没恬没淡，哪有真气呢？没有真气，哪有健康？精神都不能内守，能量总在散失之中，哪有健康呢？为什么"康"在"宁"前面呢？因为"康"比"宁"简单，身体得病容易发现，但心不安，非智者是很难发现的。中国人讲的心物一元，心是图纸，身体是建筑物，这个建筑物是按照图纸来建造的。看到一个人脸上有喜悦，就基本可以判断他是健康的。

现代人大多处在一种不康不宁的状态。之所以不康宁，是因为不康宁的生活方式。换句话说，人已在不康宁的轨道上了。如果非常严格地按照生命交通规则去运行，康宁是有保证的。现代不少人已经很难做到《朱子家训》中讲的"守分安命，顺时听天"了，而是成天做非非之想。这种心态，让生命能量处在一种吹沙扬尘的状态，怎么能够康宁呢？

好德的学问和表现

五福之中，"好德"这一福，是"长寿、富贵、康宁、善终"的大前提，是根，是幸福的说明书。没有这张图纸，就无从建设长寿、富贵、康宁、善终的生命大厦。人是如此，国家是如此，民族也是如此。

如果没有好德，其他的四福就无从谈起。人不但得不到幸福，还会招来麻烦和灾难。缺少对生命的真正认识，一味地去发财，到一定程度，肯定会挥霍，会吃喝玩乐，甚至做出一些反社会、反人类的行为。最后，当生命能量的账户上出现赤字的时候，疾病就会到来，灾难就会到来。

不明理的人是不会过好日子的。现代人糊里糊涂地生，糊里糊涂地养，糊里糊涂地结婚，再糊里糊涂地生。

生产饼干还要看说明书呢，但结婚不看说明书，生孩子不看说明书，夫妻之间凭着感觉生活，情绪一上来，恶语就出来，心就会受伤。心一旦受伤之后，要想疗治就难了。所以要认识生命、学习生活、善待生命、善用生活，这就是好德。

想要建一座幸福的大厦，你得先拿到图纸。拿到图纸，还得会看。生命这台精密仪器，更需要学习，不学习就想让它健康地运转，那是不可能的。好德就是读懂生命的说明书。想要成为高能量生命，不看说明书不行。学习要天天进行，好德也要天天进行。古人早晨一小时的定课，晚上一小时的定课，读经典，就是好德，就是在看生命说明书。

好德是五福里面最重要的一福，有了好德，就会有长寿，就会有康宁，就会有富贵，就会有善终。好德就是让人们认识如何得到五福。

好德是中华民族的优秀传统。正如曾国藩祖父曾玉屏立在家庙神位前的对联所言："敬祖宗一炷清香，必诚必敬；教子孙两条正路，宜读宜耕。"读，就是好德，读经典，读圣人之言。耕，就是告诉人们做本分的事，从劳动和汗水中获得生存的权利和报酬，不要通过算计去获得。正是这种家训，让曾家门庭大旺，人才辈出。有人统计，仅曾国藩兄弟五房里出过的大成就者就有二百四十多位，其人才之多，分布行业之广，影响之大，为人所赞。

单说晚清重臣"湘军之父"曾国藩，他就是一位文学家、战略家、理学家、晚清古文"湘乡派"创立人，晚清"中兴四大名臣"之一。曾国藩能够取得如此成就，正是靠着祖上留下的耕读精神。祖父靠勤勉耕种、勤俭持家让全家人过上了温饱生活。父亲曾麟书开始读书，但一生乡试十七次不第，最后只比曾国藩早一年考中补生员。但这种精神却深深地影响了曾国藩，让曾国藩自幼勤奋好学，二十三岁考取秀才，二十四岁中举，入省学岳麓书院，二十八岁中了同进士，进入翰林院。

需要我们注意的是，在给子侄的必读书单中，曾国藩第一推荐的是《了凡四训》。

无独有偶，对这样一本好德范本，还有一位享有世界声誉的现代企业家用它的思想来指导经营企业，就是被称为"经营之圣"的日本企业家稻盛和夫。我们看过他畅销世界的著作《活法》，就知道他本人一生在践行《了凡四训》的要义。有人曾建议稻盛和夫投资机会性产业，他说，不通过劳动和汗水赚来的钱是不吉祥的，不能干。可见，虽然他从事的是现代产业，但其经营理念却是中国人讲的耕读精神。因此，他的企业能够稳健运营，几次大的金融危机让多少企业倒闭，多少公司破产，但丝毫没有影响到他的企业，说明"耕读"是一条人间正道。

善终的学问和表现

善终是个什么状态呢？无疾而终，寿终正寝。民国时有个叫汪逢春的名医，提前一年告诉家人：这是跟你们过的最后一个年了，明年就不跟你们过了。他提前一个月处理家产，提前一周把一些老朋友聚在一块儿，告诉他们，一周之后，你们就见不着我了。在预言的那个时间，他沐浴更衣，躺在床上去世了。这叫善终，能够给生命当家作主。

寿终正寝是指无疾而终，而且去世在自己家里。医院不是家，就不叫正寝。关于善终这一福，现代人拥有的不多，有几个人是躺在自家床上含笑而去的呢？

现在的人大多是在医院抢救过程中去世的，那个过程可以说是炼狱，病人是在完全被动的情况下离开人世的，作不了主，当不了家，任人摆布，一点尊严都没有。

要想给生命当家作主，平时就要惜福。如何惜福呢？穿得尽量简单一点，吃得尽量简单一点，住得尽量简单一点，用得尽量简单一点，把能量留下来，让它变成"善终""长寿"。

弘一法师讲："惜衣惜食，非为惜财，缘为惜福。"并不是说你用不起那个东西，而是要你把福气节约下来用在"那一刻"。如果临终的那一刻，氧气管、输液管还插在自己身上，哪里有幸福可言呢？要学汪逢春先生，给自己的生命当家作主。

善终不是简单的结束，它意味着一个正确的开始。如果不是正确的开始，生命肯定无法善终。下错车就很难上对车了。生命的旅程需要精心设计，一定意义上，整个活着的过程就是为换乘车做准备。如果没有这个思想准备，等终点站到了再准备买票钱，根本来不及。看看汪逢春的一生是如何度过的，就知道，他临终的潇洒不是偶然，而是他一生彩排的一出大戏。

传统印度人的观念里，理想的一生要经历四个阶段：

梵行期，五岁到二十五岁。这个时期主要是学习期，是体力和精神的养成期。

家居期，二十五岁到五十岁。学业完成后，回到家里，开始家庭生活，结婚生子，以一定的职业养活家人，履行属于自己的社会职责。

林栖期，五十岁到七十五岁。离开家庭和自己的村庄，到森林里去居住。不再注重衣着，只捡些别人丢弃的褴褛披在身上，四方流浪，行无定踪，旁观世事，荣辱不惊，在断绝一切世俗的欲望之后，专心致力于经典的钻研和思考，或者修苦行，以获得控制自我的能力。这是一个无家、无火、无快乐、无保护的生活阶段，显然是为解脱做准备。

遁世期，七十五岁以后。把感官的感受力限制到最低的程度，摒绝一切爱和恨的冲动，既不关心自己的生死，更无喜怒哀乐之情。专心追求对于最高本体"梵"的亲证，以实现梵我合一为目标，并把此视为人生的极致。

对于现在的人来讲，走这样的人生路线，恐怕不现实，但一个清醒的生命，应该以此为精神性参考，为生命当家作主，至少可以降低终极归属焦虑，减少临终时的痛苦和无奈。

综观那些善终的人，一定是在一种非常真诚的人生态度下度过一生的。人在一生中都要问，我自己能够做到真诚吗？能够坦荡荡吗？明朝的大哲学家王阳明临终的时候，学生问他还有什么话要说，王阳明说："此心光明，亦复何言。"活到怎样才值得？死时坦然。无论什么人到最后还是要问，你的心可以放得下吗？

庄子讲："相视而笑，莫逆于心。"对于生命和死亡，我们也应该有这个态度。

人有善终的问题，情感、精神、思想、体制也有善终的问题。什么样的情感、精神、思想、体制可以善终？很简单，符合天地精神的。

健康的学问和表现

现代科学指出,世界由三要素组成:信息、能量、物质。信息就是我们现在讲的核心价值,杯子有杯子的核心价值,人有人的核心价值。在我看来,健康的核心价值在《黄帝内经》中就有所记载。相传当年黄帝想给他的子孙后代找健康,在崆峒山找到高人岐伯,跟岐伯聊了七天七夜,对话的记录就叫《黄帝内经》。《黄帝内经》是健康的权威读本,阐述了健康的核心价值是: "恬淡虚无,真气从之,精神内守,病安从来? "这十六个字无比重要。"恬淡虚无,真气从之"是说一个人的心态恬淡虚无的时候,真气就会存于体内,人就会健康。"精神内守,病安从来? "的意思是,如果一个人的精神是内守的,他就不会有病。

"恬淡虚无"讲了四种心态。

第一，恬。就字义而言是放下其他一切事情，去安心地感受滋味的甜美。引申为活在现场感之中，在日常生活中体会幸福。

第二，淡。就字义而言是放下浓厚的味道，从本觉中感受存在的甜美。只有丧失了本觉，才需要强刺激满足味觉，如饮食要麻辣烫鲜，感情要热烈燃烧，挣钱要迅速爆发。

第三，虚。就字义而言是放下实和重，从空和虚中体会存在的甜美。用现在的话说，就是提高能量的自由度，提高空间维次，在超越性中提高能量水平。现代人把生命搞得太实了，好忙、好烦、好累就是非虚生命状态的写照。

第四，无。就字义而言是放下物质性执着，甚至精神性执着，在自然性中体会存在本来状态的甜美，即回归到生命的根本性喜悦。

对应到日常生活中，应该怎么做？答案同样是《黄帝内经》讲的三句话。

第一，起居有常。跟着太阳生活，太阳"起床"就起床，太阳"睡觉"就睡觉。一天跟一年一样，晚上九点好比一年的立冬，需要睡觉以补充阴性能量。凌晨三点好比一年的立春，是阳气生发的时候，需要起床以补充阳性能量。这时候如果仍躺在被窝里，就补不上阳气。同样，该睡觉的时候不睡觉，就补不上阴气。阴阳两失，人就会生病。古人是跟着太阳走的，也是跟着时令走的，春种夏长秋收冬藏。在古代，即便是罪大恶极的杀人犯，也要等到秋天才处决，所以有个词叫"秋决"。现在的情形却是，一年四季人们都在磨刀霍霍向猪羊。这就不是有常，而是反常。反常，就会受到大自然有常规律的惩罚。

有了电，夜生活丰富了很多，晚睡也就越来越成为人们的生活习惯。学生睡得更晚，因为作业很多，怎么办？可以调整一下次序，晚上九点睡，早上四点起来做作业。做作业的时长可能相同，但效果就不一样。"药补不如食补，食补不如天补。"吃再好的食物，不如按照天地规律去生活。现在人们讲养生，往往是昂贵的食材买了一堆，却不重视不用花钱的"天补"，也就是养顺应天地之气的生机。没有长养生机，又从何养生呢？养生养生，就是养生机，只有"生机"才能"勃勃"。

中国古人的一切生活方式，都是按照"天补原理"设计的。就连坐姿，也是一种补充能量的方式，讲究挺胸拔背。当背是直着的时候，脊椎就是直的，脊椎直，天地之气就是畅通的，中气就足。对应到坐具，也是按此功用设计的。不像现代人，窝坐在沙发里，久而久之，脊椎就变形了，天地之气不畅，中气就会不足，各种疾病就上身了。行住坐卧也是这样，"站如松，坐如钟，卧如弓"，都是这个意思。

第二，食饮有节。古人讲究"话说三分，饭吃七成"。如果感觉肚皮撑，那就已经是过量了。再吃下去的东西，不但没营养，胃也会被伤到。如果吃饭时咀嚼不到食物在嘴里有甜甜的感觉，这一顿饭是白吃的，因为食物要变成营养需要经过五次生化，首先必须有嘴里的酶参与分解才能变成能量。没有经过酶参与分解的食物，到身体里，只是一堆垃圾。帮助消化的酶没有参与进来，身体还得用精气神来消化，不仅相当于白吃，还耗费生命能量。所以才有"吃汤喝饭"一说，就是说，汤在嘴里也要咀嚼，饼子和饭菜要咀嚼到像汤一样再咽下去。

人们常常认为吃得越多越有精神，其实这是不对的。一个人平常吃的饭菜，大概只有两三成能被身体吸收，其余的七八成，成了身体的负担，要把这七八成东西清理出去，太费精气神了。所以，应该是吃得少一点更精神。

晚餐一定要少吃，吃得多了，晚上休息时，肠胃就会反抗。它们会说，你们都休息了，还要我工作，不公平！时间一长，毛病就出来了。据专家讲，不少肠癌、胃癌，除了情绪上的原因外，是和不良饮食习惯大有关系的。我们常常看到，人们为了多吃，想出许多办法，让肠胃不堪其累。仿佛胃一遍又一遍地说："饶过我吧。"但舌头却撺掇主人："别听它的，我说你停你再停。"听一位专家讲，西方人之所以饭前喝一杯加冰的冷水，就是先让胃失去知觉，然后不断地满足舌头的快感。

"食饮有节"还有另外一层意思，就是食物种类的比例。《黄帝内经》讲"五谷为养"。说明最有营养的是种子。五谷放在常温下，可以放置很长时间。但是菜和肉在常温下不多时就发霉了。一粒种子就是一个世界，它能从土里长出来，成为参天大树，足见它的生命力。但把一块肉埋到土里，长不出对应的动物来。按照宇宙全息论的说法，一粒米里有全世界的信息和能量。现代人的饮食比例恰恰相反，饭食基本都被肉食取代了。很多人长期大鱼大肉，摄入了过多的油脂和蛋白质，加之不运动，慢慢地就有了高血压、糖尿病等所谓的"富贵"病。不说成人，就青少年来讲，我国目前有二百五十万糖尿病患者，占糖尿病总人数的百分之五，并且以每年百分之十的速度递增，这不能不说是不正确饮食比例种下的恶果。现在，家长们都在想方设法提高孩子的智商、情商，甚至胆商、艺商、逆商，唯独忽略了食商，让孩子每天和垃圾食品为伴，年纪轻轻就失去健康的体魄，实在让人惋惜。

在古代，人们只有在祭祀的时候，才有权利宰杀动物，而且有严格的级别限制；但是现在，宰杀泛滥，生活空间充斥着杀机，生机就变得特别稀薄，怎么能够身心健康呢？自古以来，人们看到尸体，都有一种畏惧感，就是因为它上面的生机离去了。现在，家家户户把动物的肉放在冰箱里，事实上是把杀机存在冰箱里，使家里的生机被对冲，这是一个再简单不过的常识。

能量有多种来源，饮食只是其中之一。一段时间，我拿自己做实验，同样的疲累之后，用三种方式补充能量，一是在放松态中沐浴阳光。二是深呼吸，三是进食。我发现，第一种效果最好，后两种最次。进食之后，不但不能马上恢复精力，人还有昏沉感。细想一下，进食会产生废渣，呼吸会产生废气，唯独沐浴阳光不会有废光，而且处理废渣是需要一定的生命能量的。可见进食不是唯一的能量来源，也不是最好的补充能量的方式。

第三，不妄作劳。是说要真作劳，不要妄作劳，不要为错误的事情去支付生命能量，最大的错误就是私心和杂念。对应到生活上，以下几个方面要节制。

一是性生活。无节制的性生活最耗费生命能量。古人讲，三伏天不能行房，三九天不能行房，刮风下雨不能行房，祖先的祭日不能行房，二十四节气不能行房，酒后不能行房，病后不能行房，感冒时不能行房，劳累时不能行房，庄严之地不能行房，露天空旷之地不能行房等等。据相关专家讲，这些都是有道理的，因为生命是全息的，是天人合一的。而婚外性生活更加折损人的能量，除了双方祖先的集体无意识扣分外，还有自身生理机制的惩罚。综观诸多禁忌，无非是保护人们的精气神的。

现在好多人以找情人为荣耀，聚在一起就比谁的情人多，且以为这是你情我愿的事情，无所谓危害。这真是不了解生命真相。古人讲，只有名正才能言顺，只有自己的配偶才是得到家族承认的伴侣。名不正则气不顺，气不顺，肯定就会让人病。另外，男女之事损福最快，因为那是一种放电式快乐，祖先积的一点阴德，会被瞬间放掉。那些落马官员，绝大多数是在这个方面出事的。

二是焦虑。现代科学已经证明，焦虑最耗费生命能量。在我看来，这和人们生活压力大、焦虑严重有关。焦虑让大脑持续兴奋，而脑组织耗氧量约占全身总耗氧量的百分之二十至三十。这也就是为什么人干一天重活都不觉得累，而焦虑片刻，就非常疲累的原因。

要消除焦虑，就要寻找安详，回归喜悦。

三句话，其实是一句话，即按照天人合一的原则去生活肯定会健康长寿，因为天行健，因为天长地久。

能量的还原和表现

　　长寿、富贵、康宁、好德、善终，是五朵花，都是从能量之根上绽放出来的。

　　长寿的面条也好，富贵的面包也好，康宁的点心也好，善终的饼干也好，都是面缸里能量的面粉变的。因此，提高能量就是生命的第一使命。换句话说，给面缸里装进去面粉才是最关键的。那么，怎么给面缸里装进去面粉呢？农民最懂得这一点，你看他一年准备了那么多种子，敢种下去，究其原因，是一个"信"字。信什么？信大地，信四时。不像企业投资，要调研，要论证。他相信只要种子选好，只要风调雨顺，肯定有收获。这是一个大信任，对天地有常的信任。

　　要想实现五福临门，还要时时刻刻注意把面缸的漏洞补上。没有漏洞的状态，生命就会实现一种效果：心想事成。现在为什么心想事不成？因为有漏。本来就不多的一点面粉，做了面包没做点心的，做了点心没做面包的，若不补充，结果可想而知。所以，有些人没提拔之前还比较平顺，一提拔，事事不顺遂，为什么？有些人住小房子还可以，一住大房子，家里孩子生病了，为什么？就那么点面粉啊，变成房子，康宁这一块就没面粉做保障了。如果面缸是满满当当的，自会如《中庸》里面讲的："大德必得其位，必得其禄，必得其名，必得其寿。"

生活中常常有这样的事例：那些过度拥有财富的人，要么儿女有缺憾，要么长寿缺一点，要么功名缺一点，要么健康缺一点。既长寿又富贵又康宁又善终的人少之又少。为什么呢？面缸里的面粉是个定量，分配比例不当，能量就失衡了。

所以，生命需要规划，能量需要预算，每个人要想办法把生命能量用在更有永恒价值的方面。

为什么有那么多晋商、徽商省吃俭用，却拿赚来的钱做公益事业？他们懂得能量还原的价值。财富是天地的，取之于天地，回馈于天地。《大学》讲："财聚则民散，财散则民聚。"他在赚这些钱的过程中，经营了他的人格，往回捐这些钱的时候，再次经营了人格，生命产生了双倍的价值。经由还原，这些生命能量从富变成贵，变成长寿，变成康宁，变成好德，变成善终，变成满堂子孙，兴旺家业，他的生命层次也由低至高。

假如不还原，生命层次不但会降低，而且往往有横祸。老子讲："甚爱必大费。多藏必厚亡。"古往今来因贪得无厌而人财两亡的例子不胜枚举。东汉时的大将军梁冀，贪财到了令人发指的地步，大凡想在仕途上腾达者，必须行贿于他。他专权二十多年，疯狂敛财，难计其数，用搜刮的钱财建造的私人苑囿绵延近千里。最终，不但三十多万不义之财被没收国库，而且遭满门抄斩。堪称"清朝第一贪"的清朝权臣和珅，搜刮的财物价值达白银八亿两，相当于清政府当时十五年的国库收入，结果不到五十岁就被送上了断头台，落了个人亡财尽的可悲下场。历朝历代，"多藏必厚亡"的事例举不胜举。

之所以"多藏必厚亡"，从生命本身就可得知。身体扎了东西进去，如果不及时取出来，就会发炎；河水如果不流动，就会发臭。因此，财富还原能量的过程，也是生命本身的诉求。由此就可理解，古人为什么讲人不应该占有除生存本身需要之外的东西。一方面，财富是上苍的，理应天下万物共享；另一方面，如果占有生存需要之外的财富，就相当于给身体里扎进去一根刺，给眼睛里打进去一粒沙。"金屑虽贵，落眼成翳"，就是这个道理。古人还认为，财富就像人身上的血液，只有流动起来才能成为精气神；如果不流动，就到了生命结束的时候了。

由此，我们就会知道，为什么晋商、徽商能够把家族商业传承五六百年，而现代民营企业的平均寿命却只有三年。

要抢时间把生命的重量变成能量。什么是生命的重量？多余的东西。凡是走的时候带不去的东西都是重量。我原来喜欢收藏，无论到哪里，首先会去转文玩市场，看到一件喜欢的，又有能力收入囊中，就觉得不虚此行。突然有一天，发现这些是累赘，就把它们渐次送给亲朋好友。送掉一件，轻松一下，送掉一件，轻松一下。

人们负荷的东西太多，就像冰一样，动不了，太重了。当你把这些生命的重量放下，能量的自由度就提高了，冰就会变成水，就能流动了，就可以到大海里面去看风景了。但是水只能在大地上流动，还没有本领到彩云上面去看风景。当它继续放下重量，把能量自由度再提高，再变轻盈，就化成水蒸气，能到彩云上面去看风景了。我认为生命的意义就是这样一个渐次升华的过程。怎么样把生命的重量变成能量？助人为乐。帮助别人的时候，能量一直在提高。天天帮助别人，天天就在乐的状态，能量不可能不高。从这个角度来讲，就要做聪明人，抢时间把生命的重量变成能量。因为生命确实在呼吸之间，抢出来的就是你的。只要是没有变成能量的财富，都不是我们的。一个人的生命结束，就是能量账户上的能量用完了。

有一句话叫生命不可承受之重。一定要把不可承受之重变成永恒能量。能量是最好的行李，它是富足的，也是轻盈的，任何人都可以带它上路。

我写过一篇文章叫《生命就像一缸米》，当你把生命想成一缸米，用掉一勺少一勺，对生命就会有一种紧张感。如此，我们更要抓住有限的生命，行人间正道，做人间正事，提高生命能量。

能量级和喜悦

　　美国有一位著名的心理学家霍金斯，通过三十多年的人体运动学实验得出一个结论：生命能量来自意识。换句话说，就是人的精神。他认为，人的意识是有亮度的，亮度越高，对应的生命能量就越高。著名心理学家智然先生用人们好理解的话对此进行了概括：生命能量藏在念头里。

"都一样"

美国有一位著名的心理学家霍金斯，通过三十多年的人体运动学实验得出一个结论：生命能量来自意识。意识，就是人的精神。他认为，人的意识是有亮度的。亮度越高，对应的生命能量就越高。著名心理学家智然先生用人们好理解的话对此进行了概括：生命能量藏在念头里。

事实上，中国古人早就知道能量和念头的关系。《尚书》有言："惟圣罔念作狂，惟狂克念作圣。"意思是，圣人如果有了妄念就会变成狂人，狂人如果能够克制妄念就能变成圣人。《大学》也讲："所谓修身在正其心者：身有所忿懥，则不得其正；有所恐惧，则不得其正；有所好乐，则不得其正；有所忧患，则不得其正。心不在焉，视而不见，听而不闻，食而不知其味。此谓修身在正其心。"北宋理学家程颐注"身"为"心"。简单翻译一下，就是："之所以说修养自身的品性要先端正自己的心思，是因为心有愤怒就不能够端正，心有恐惧就不能够端正，心有喜好就不能够端正，心有忧虑就不能够端正。心思不端正就像心不在自己身上一样：虽然在看，但却像没有看见一样；虽然在听，但却像没有听见一样；虽然在吃东西，但却一点也不知道是什么滋味。所以说，要修养自身的品性必须要先端正自己的心思。"讲的仍然是念头和身心的关系。

孟子讲"我善养吾浩然之气"，养的就是能量。怎么养？通过心态，"富贵不能淫，贫贱不能移，威武不能屈，此之谓大丈夫"。

那么，哪一个念头能量最高呢？霍金斯用从零到一千级来标示生命能量。二百级是正能量和负能量的分水岭。二百级之上是正能量，之下是负能量。六百级之上我们几乎触摸不到，为"不可思议"级。我们能够得着的是六百级，这个能量级有一个对应的念头：都一样。

就是说，当我们的念头时时刻刻处在"都一样"状态的时候，生命能量在六百级。霍金斯研究发现，一个人把他的能量从二百级提高到六百级，相当于一千万个二百级之下的人的能量总和。就可以想象那是一个多么高的能量状态。

那么，"都一样"心态的人在生活中有些什么表现呢？简单地说，外在条件已经不会影响他的生命状态。妻子表扬他，他快乐，批评他，他也快乐；吃现做的饭，他高兴，吃剩饭，他也高兴；涨工资，开心，不涨，也开心；提拔，喜悦，不提拔，也喜悦。这就是孔子六十岁达到的生命境界：耳顺。

如此，这个人就几乎没有烦恼了。人的烦恼哪里来？听不得批评，听不得抱怨。霍金斯的实验跟孔子的体验有异曲同工之妙。孔子六十岁印证了"都一样"，霍金斯证明六百级能量层对应的念头是"都一样"，东方的圣人和西方的心理学家居然在"六"这个中国能量级和喜悦人认为的吉祥数字中找到了同一个点。

我以前总爱跟妻子争理，不留神一两天的时间就花进去了。现在，努力训练自己把她的每一句话都听成赞美辞，生命成本一下子就降低了。除了节约时间，更重要的是，幸福指数提高了，能量保存下来了，可以做更多的事情了。

大家可能都有体会，吵完架之后会感觉特别累，手都是冰凉冰凉的，为什么？因为能量释放完了，吵架是极耗费能量的。如果不吵架，省下来的那些能量就会变成我们的长寿、富贵、康宁、善终。从这个意义上讲，不吵架就是好德。

所以，一个人在生活中训练"都一样"的心态，很关键。我以前有洁癖，出差的时候都带着床单和被罩，觉得宾馆里的床单洗得再干净，都是脏的，铺上自己的床单才睡得着。现在进步了，为什么呢？"都一样"啊。很管用。以前，妻子做的饭菜合自己胃口就高兴，不合胃口就吊脸。现在，不管做什么我都会说："好吃，真好吃！"有一天，走神了，筷子还没拿起来，说了句"好吃"。妻子说："郭文斌，忽悠人！"但她也高兴，总比你说"做的什么呀"要好。

现在我出去吃饭，会找机会练习"都一样"，把别人吃剩的饭菜里我能吃的那一部分吃掉。起初觉得很难，练着练着就容易了。有一天，有人给我出了一道难题，我亲眼看着他把馒头咬了几口剩下，牙印都在上面。说一点不介意是假的，我就给自己说，郭文斌，我看看你今天怎么拿到"都一样"这一分。吃不下去，怎么办？

换念头，就想着这个馒头是亲人吃剩的，一口就吃下去了。

当哪一天你认为天下没有脏东西时，幸福指数就一下子提高了。你也许会说，这样多不卫生啊，如果得上病怎么办呢？在我看来，有时候疾病恰恰是因为"担心有病"这个念头才得上的。稻盛和夫在他的《活法》里写到了一个故事，说他的叔叔当年得了肺结核，他的父母每天尽心地照顾，一点没事；但他每走过叔叔那个屋子的时候，都捂着鼻子，倒得了肺结核。是不是可以理解：你的心里如果没有"肺结核"这个底片的时候，不可能有对应的电影情节。同样，不动"会得上肺结核"的念头，也就是不启动"会得肺结核"这个信息系统，对应的能量系统和物质系统就不会发生。这个"不担心"，可能就是最好的免疫力。当然，这需要科学验证。但有一点可以肯定，那就是，当生命能量在六百级的时候，免疫力也对应在六百级，免疫力也是能量变的。

"都一样"这个念头之所以能量最高，因为它是整体性，是道。圣人之所以为圣人，就是他的心态保持在"都一样"。

孔子暮年给他的弟子曾参说："吾道一以贯之。"道出了他的心法。"一以贯之"的"一"强调的就是"都一样"。它不是"二"，如果是"二"就"不一样"，就有矛盾与对抗了。老子讲："道生一，一生二，二生三，三生万物。"是"三"生出"不一样"。如果我们从"万物"回到"三"，从"三"回到"二"，从"二"回到"一"，就是"都一样"。"一"是整体。相对于五十六个民族来讲，中华民族是"一"；相对于世界各民族来讲，人类是"一"；相对万事万物来讲，宇宙是"一"；相于低维空间来说，最高维的那个空间是"一"。

孔子之所以能够在六十岁时修到"耳顺"境界，得益于这一心法。所以他能够做到"其为人也，发愤忘食，乐以忘忧，不知老之将至"。七十岁时，孔子能够达到"从心所欲不逾矩"的境界。

"都一样"是一个大学问。我们有太多的文化，都在描述这个境界。尧能把天下让给别人，就是意识到了"都一样"。"天下为公"就是"都一样"。既然"都一样"，就不应该存在多和少、优和劣、远和近。"先天下之忧而忧，后天下之乐而乐"，"全心全意为人民服务"，都是把"都一样"换了个说法。范仲淹当年用他的俸禄买义田让整个族人耕种，就是认为整个族人都是他的亲人。海瑞死后居然需要人们凑钱为他办丧事，他生前同样是把老百姓视为亲人，没有为自己私存一文一物。

在为百集大型纪录片《记住乡愁》做文字统筹的时候，我也看到，但凡那些望族，他们把家族的价值系统都调整在接近"都一样"的状态。江西白鹭村的王太夫人，去世时留下遗言，要求后人一年必须存够一千石义粮，当年要发放完，发给谁呢？村子里贫苦的人家。这个遗言后成为家规，持续了二百多年。江西义门陈氏，三千人聚族而居，三百年义不分家。受其家风影响，就连所养一百条犬，也是同室同食，"一犬不至，百犬不食"，成为千古佳话，被载入吉尼斯世界纪录。就可以想象这个家族的心态，如果不在高度的"都一样"状态，是不可能出现这种连动物都被感染被驯化的人间奇迹的。

和《记住乡愁》编导到徽州踩点，我看到一句话"千年之家不动一抔，千丁之族未尝散处"，也是讲"都一样"。即使千口人的大家族，不让一个人走散，不让一个人受到饥饿的威胁。徽商之所以特别有凝聚力和战斗力，正是因为他们的心态是"都一样"。我们看到，许多人发财了，不会只图自己享受，而是要想方设法带领族人共同致富发家。

"都一样"是一个跟天地等量的状态。一个人的心态如果在"都一样"上，就会跟天地同频共振。天地的富有也是你的富有，天地的能量也是你的能量，天长地久也是你的"天长地久"。大地也是一样，你播种了什么，它就还给你什么。整个宇宙和天地演绎的一个基本的生命状态，就是大家"都一样"。

看过一则轶事：汉文帝小时候，春柳初长时折了一枝，老师批评了他。显然，在老师眼里，树木也是生命，尤其春天万物生长的季节，折断柳枝，就是损毁一个生长的生命。作为皇帝，只有怀有爱一切生命的心，才能普爱世人，这就是"都一样"。如果抱有这种心态，那么他对人对物，对宇宙中的一切，包括一粒米、一滴水、一口空气，也会怀着深深的感恩、敬畏和爱去对待。这样，生命的质量就提高了，因为诗意随时就在你身边。

我们的民俗里，每年都有一段特殊的时间禁牧、禁伐、禁渔，应用的原理就是"都一样"。当一个人保护树木的时候，就把树木跟人看成了一样，庄子在《齐物论》里面讲，宇宙间的一切生命是平等的，所以它叫"都一样"。

如果没有"都一样"的认识，许多民间传统，就可能没办法理解。有一个地方，正月初十是老鼠的节日，为什么老鼠也会有节日？老百姓有多种说法。根本的原因在于中国人对生命的平等观，即便是老鼠也要给它设一个节日。

听我的父母讲，旧时老人们有给老鼠留吃的的习惯，结果老鼠为了吃的就到指定的地方吃东西，不咬粮食袋子；后来人们不给它留吃的了，它就开始咬粮食袋子了。当你平等地对待别的生命的时候，对方对你也会有一个姿态。你善待它，它也善待你。

一天下班，回到家里，看到小狗便血，我问妻子："小狗怎么了？"她说："可能是吃了什么东西，饭后带它去看看。"饭已经做熟，我就洗手吃饭。吃着吃着，心里突然惭愧了一下，就放下饭碗往外跑，到药店，买了几袋药，回来喂给小狗。不多时，就看到它好受些了。惭愧之前，我的心态是"不一样"；惭愧之后，变成"都一样"了。心想，如果是自己的孩子便血，我还能心安理得地坐在那里吃饭吗？

才知道一个人只有把心态调整到"都一样"的时候，才会生起同情心。

持"都一样"心态的人，看一切都是平等的，心气就是中和的。钱多钱少一样，房大房小一样，车新车旧一样，就没有因为对比取舍而产生的那一份焦虑。从这个意义上，再去理解"都一样"，你就会发现，它是体验幸福的大前提，是回归喜悦的基础。

这是一种完全可以忽略条件的快乐状态。坐硬板凳和软板凳都一样，睡硬床和软床都一样，听到表扬和诅咒都一样，外在已经不能影响内在的那一份快乐和幸福了。一个人能够到达这个境界，就没有痛苦了。人之所以有痛苦，是因为"不一样"，所以才有太多的取舍。《中庸》讲："君子素其位而行，不愿乎其外。素富贵，行乎富贵；素贫贱，行乎贫贱；素夷狄，行乎夷狄；素患难，行乎患难。君子无入而不自得焉。"君子只按照他当下的地位去做事，不羡慕职位以外的。平素富贵，做富贵该做的事；平素贫贱，做贫贱该做的事。无论在什么情况下都是安然自得的。一个人知足的状态决定了他幸福的状态。因此，老子说："知足者富。"

既然工资多少都一样，山珍海味和粗茶淡饭都一样，就不会为了吃别人一顿饭而去受贿；衣服新的和旧的都一样，就不会为了名牌而痛苦；大房子和小房子都一样，就不会为了买大房子去拼死拼活；人和动物都一样，就不会轻易为了满足自己的欲望而结束动物的生命；人和植物都一样，就不会乱砍滥伐；人和山川大地都一样，就不会浪费。

当"都一样"成为习惯之后，人会活得很快乐。痛苦来自患得患失，来自得失分别。明白了得到和失去都一样，快乐就是顺其自然的事情了。这个世界上所有的人看上去都是亲人，你的幸福指数瞬间提高。人们活得苦，是因为他心中有分别、有对抗、有仇恨。

生和死也都一样。庄子的妻子过世后，他能鼓盆而歌，就是看透了生死都一样。"出生入死"说的也是这个道理，人一生下来就朝着死迈进。"视死如归"说的也是这个道理，死不过是归去而已。

日常生活中，我们可以通过换念头实现心态上的"都一样"。著名心理学家智然先生曾经讲过这样一则故事：

一位糖尿病患者去看病，大夫让他把肉戒掉，他说："那不可能，让我不吃肉，还不如让我去死。"大夫就跟他说："没啥戒不掉的，其实这只是换个念头，说'请吃北京烤鸭'，你的口水就下来了。换个念头，说'请吃鸭的尸体'，你就觉得恶心。"同样的一个东西，念头一换，感受就变了。

念头一变，剩饭剩菜可口；念头不变，山珍海味也不香。这个世界因为人们眼镜的颜色呈现出不同的景象。

戴一副绿颜色的眼镜，世界是绿色的；戴一副红颜色的眼镜，世界是红色的。天堂就在人的目光里。

还可以通过每时每刻为他人着想达到"都一样"。圣雄甘地上火车的时候，车门把他的一只鞋夹到了火车外面，火车这时已经开动了。他把另一只也赶紧脱下来扔到窗外，别人问他为什么这么做。他说，我把剩下的这只穿走，而掉落的那只还留在下面，别人捡去也没有用，我赶快把剩下的这只扔下去，若有人捡到还可以穿。甘地之所以能马上舍弃脚上的鞋，因为他的心里只有他人。当一个人心里只有他人，分别已经没有了，自然就是"都一样"。

应用好"都一样"，可以解决许多问题。就拿教育孩子来说，当你心里有"都一样"作底时，就不会对孩子期望过高，首先自己就能轻松下来。当自己轻松了，这种轻松的心态就会投射给孩子，孩子恰恰也会返还给你一个积极的态度。孩子之所以叛逆。很多时候是因为大人抓得太紧了。紧张的气氛，让效果适得其反。当你的人生底片变成"都一样"了，孩子自然会向你希望的方向转化，因为孩子是大人的电影。

儒家讲，对待每一个人都要像对待亲人一样，从孝敬父母开始，爱自己的父母，爱自己的兄弟姐妹，然后爱自己的亲族邻人，最后扩展到爱一切人。到了释家和道家，不但要爱一切人，还要爱一切动物，爱一切植物，爱一切矿物，然后彻底地达到"都一样"。至此，人就会把天底下所有的生命看成是自己。江河大地是自己，动物是自己，植物是自己，矿物也是自己，一切都是自己。渐渐地，我们就归于本体了。本体世界的五种生命状态就会到来，这时，你的生命就是一个喜悦的海洋。

这时，你的心中就会有一种大爱产生。看到刀子捅进动物身体，你就会感同身受。这时，你就会理解，孔子为什么要讲"己所不欲，勿施于人"。这时，你就能够理解，过去那些行者，为什么可以放弃家园，背一个行囊上路，去随缘济众。这时，你也就能够理解，达摩为什么东来，玄奘为什么西去。

只要每个人的心态都到达"都一样"，夜不闭户、路不拾遗的和谐社会就能实现。因为每家都是一样的，不用争也不用偷。

把任何情境都设置成"都一样"，人心就会保持在一种清净的状态，海平面的状态，皓月当空的状态。那时，就会万物不贪，万境不染，万恶不嗔，万难不退，万缘不攀，万法不着，活在一种"春有百花秋有月，夏有凉风冬有雪。若无闲事挂心头，便是人间好时节"的喜悦海洋里。

当然，对芸芸大众来说，要攀登"都一样"这个生命高峰，需要一个渐进的过程。《弟子规》之所以伟大，就在于它设计了一个阶梯，让人们一步一步靠近"都一样"的层面。"父母呼，应勿缓。父母命，行勿懒。父母教，须敬听。父母责，须顺承。"它从顺进入，首先从对自己的父母好开始；"兄弟睦，孝在中"其次对自己的兄弟姊妹好；"事诸父，如事父。事诸兄，如事兄。"第三对待别人的父兄如同对待自己的父兄；"凡是人，皆须爱。"最后归到"都一样"上面来了。

孝道仍然是第一台阶。

我爱你

虽然"都一样"对应的生命能量极高，但普通人很难做到。有一次，我到一所大学演讲，当我说道："如果一眼看过去，所有的女生都一样，男同学就不会为争校花打架了，幸福指数就一下子提高了。"就有一位男生举手站起来，说："郭老师，但我还是看着特定的那位最漂亮，怎么办？有没有稍低一些的我们能够得着的高能量念头给我们介绍一下？"我说："有，还是三个字：我爱你，这个你能够得着。"这个"我爱你"指的是那种不求回报的大爱，它对应的能量有多高呢？五百级。相当于七十五万个二百级之下的人的能量总和。

为什么"我爱你"这个念头能量如此之高？因为它是从"都一样"这个根上生发出来的。"都一样"是体，"我爱你"是用。不求回报的"我爱你"其实就是天地精神。天地对万物的爱是不求回报的。

那么，在日常生活中如何才能打开这份五百级能量的大爱宝藏，它的开关在哪里呢？当然是把生命认同调整到天地频道上。如何调整？直接找天地频道，可能有些无从下手，但是天地的代理是可以找得到的，就在每个人的身边。

这就是我们的父母。我们不也常常说，父亲的胸怀像天空一样宽广，母亲像大地一样生养了我们，这都是天地给我们的隐喻。我到一家省重点小学去讲课，一位老师悄悄给我说，郭老师到我们学校去千万不能讲《弟子规》。我问为啥。她说，孩子的家长大多数都是西方教育理念，好多人是从国外回来的，不认同这些。我说，那我讲什么呀？就边走边想。到了课堂上，突然来了灵感，首先问同学们，学生学什么？他们回答，当然学知识啊。我说，我跟你们的理解有点不一样，学生就学"生"，生机勃勃的"生"，换句话说，就是学"生机"，跟"杀机"相对应的那个"生机"，"养生""卫生"的"生"，都是这个意思。

大家要想长高个、漂亮、聪明、健康，都得靠生机。

可是，我们到哪里去找生机呢？他们说不知道。我说，到妈妈那里。他们问为什么。我说，我们都是妈妈生的，难道生机不在她那里吗？由此，开始了我的分享。

我曾想，过去的那些母亲，常常会生七八个孩子，那该是一种怎样的生命力。一条瓜蔓上结七八只瓜都会老得不像样子，但这些母亲恰恰长寿，活八九十岁的多的是。这种能量是从哪里来的？天地所赐。母亲在养育儿女的过程中，把她的生命频道切换到天地频道上了，她用的是天地大能，天地生机。

想想看，当年她们每晚要起来好几次，有时孩子哭闹，母亲就整夜地抱着孩子，但哪一位母亲因此累倒了？换了平时，如果晚上被丈夫吵醒一次，她都会生气；但是孩子吵醒了母亲那么多次，她为什么不生气？换了平时，如果晚上醒来一两次，第二天就没有精神，工作起来没劲儿；可是那段时间，母亲晚上要起来三四次，甚至五六次，为什么白天还那样有精神？

母亲身上爆发出来的这种爱力，如果我们不用太可惜了。如果这还不能让我们对母亲身上的能量有所理解，我们再想想一个孩子要吃多少奶水。那全是能量。当我们孝敬老人的时候，直接进入这个能量的轨道。这就像我们考上公务员就拿公务员工资一样，如果我们的孝心没打开，就像没有考上公务员，就无法享受这份工资。

一切源于"我爱你"！

但凡不如意的人生，在这方面多多少少都缺课了。报道说一位企业家每次出差明明早到机场了，但就是不登机，非要等到广播里说："×××，×××，您所乘坐的某某航班马上要起飞了，请您赶快由某某登机口登机。"还非得播两三遍。究其深层心理原因，说明他是非常缺乏爱和关怀的，登机时的表现是典型的"讨关注"，跟小孩子捣蛋讨父母和老师的关注是一样的。有一个细节值得注意，说是这位企业家当年在西安工作的时候，父亲去看他，打算晚上和他住一屋。他怎么说？"我都吓死了，我宁可去死。"这是他自己对记者讲的。怪企业家吗？也不怪。怎么回事呢？父母生下他后，就把他交给外公外婆带，他们去支边。这当然很值得我们敬佩，但是对企业家本人来讲，却落下一个无法解决的心理疾病，没有得到来自"天地代理"的父母最初的最基本的爱和关怀，根部的能量断掉了。他后来的一些行为、生活处事的方式，莫不受此影响。

相反，如果根连得好，孝心深厚，这个人身上就会爆发出无法想象的力量。

1980年，王希海的父亲因脑出血成了植物人。王希海的母亲体弱多病，弟弟又患有先天性肢体残疾，不能就业，全家的重担都落在了二十三岁的王希海肩上。面对这样的情况，王希海先是放弃了去马来西亚工作的机会，后来又请长假照顾生活不能自理的父亲。当时，他就在心底向父亲承诺："一定要将您照顾到八十岁。"

从那以后，每天晚上，他都会隔半个小时给父亲翻一次身，每晚十二时准时喂父亲吃下一天中的第五顿饭。为了让父亲躺着舒服，他用八个枕头垫在父亲后背、腿下等不同部位。母亲让他去工作，自己照顾老伴，可他不让，说："您可不能病倒了，您病倒了，两个人我也伺候不过来呀。"

有一天，王希海突然发现父亲身上有了淤青，连忙送父亲去医院。一位从医四十多年的老教授看了身体状况后问他，老人瘫痪在床多长时间了？"王希海说："二十多年了。"老教授转身走了，他不相信一个老人瘫痪在床二十多年身体还能保持得这么好。可没多久，老教授又流着眼泪回来了，手中拿着王希海父亲厚厚的病历说："我从医四十年了，从来没见过像你这样伺候父母的，你父亲有福啊，你该去医科大学给学生们讲讲护理课。比起你来，他们做得太微不足道了。""一位瘫痪在床二十多年的植物人，浑身竟然没有一点褥疮，不但肌肉没有萎缩，还能有八十多公斤的体重……"大连市第二人民医院院长王冰在为王希海父亲检查完身体后，情不自禁地说，"这在医学护理史上简直是个奇迹！"

不知不觉中，王希海早已过了该成家的年纪。为了照顾父亲，他放弃了工作和婚姻。他说："如果成了家，肯定会以家庭为第一位；而我不成家，那父亲永远是第一位。我首先要做好的是一个儿子的角色，我觉得很满足。"

据王希海的母亲讲，老伴儿虽然无法表达自己的感情，但儿子能读懂父亲每一个微小的表情。"每天晚上，儿子会半个小时给他翻一次身，他也早已熟悉了儿子的脚步声。每到儿子过来时，他都会屏住呼吸，兴奋地等着儿子来给他翻身。因为每次儿子都会给他按摩，让他舒服舒服，那是他最高兴的事。"

老父亲瘫痪多年不会自己吐痰，经常会被痰噎着。每次，王希海都把一根管子一头伸到父亲嗓子里，另一头放在自己口中，用力一吸，父亲口中的痰就进到了他的口中，然后再吐出来。为了给父亲刷牙，王希海真是想尽了办法。他先是用牙刷，结果发现牙刷给父亲的牙龈造成了损伤。接着又改用棉签、纱布擦，也不行。家里养了三盆君子兰，一次在给花浇水时，他突发灵感，用喷壶给老人刷牙行不行？就在喷壶中装了温开水，一手握着喷壶向父亲嘴里喷水，一手拿着脸盆在下面接着，一试还真灵。

一位社区负责人曾对王希海说，等他父亲百年之后一定帮他找个好姑娘。听了这话，王希海哭了。他说："去年父亲八十大寿，我好好给过了一回。当时我跟父亲说他活到什么时候，我就伺候到什么时候，我自己的事以后再说。因为他活着，我从心眼儿里高兴，我害怕失去父亲……"

提起王希海，一位老邻居说："现在有的子女总想着跟父母要钱、要房子，有的甚至把老人赶出家门。但是希海为了老父亲，把自己的一切都牺牲了、舍弃了，这不是谁都能做到的。"

王希海的精神感动着每一个人，当地政府及一些企业、个人向他伸出了援助之手。一家企业与他结成了帮扶对子，吸纳他为正式职工，使王希海没了后顾之忧。

还有一些企业要为他捐款。北京一位女士甚至要出几十万元在大连为王希海买一套房子，并表示要嫁给他，这些都被他婉言谢绝了。王希海说："伺候自己的父亲是应该的，党和政府给我的帮助已经够多了，我不能以这个名义来敛财。"

让人感到不可思议的是，如此照顾父亲，王希海一干就是二十六年。《孝经》曰："孝悌之至，通于神明，光于四海，无所不通。"王希海的孝行可谓感天动地，父亲得病之初，他就发愿，希望老父亲一定要过八十岁生日。苍天不负有心人，天遂人愿！

2015年央视春晚上，包头市第三届全国道德模范朱清章携母亲韩福珍出现在亿万电视观众的眼前。他三十一年如一日照顾植物人养母直至其苏醒的孝心故事瞬间感动了数亿中国人。"我是世界上最幸福的人，八十九岁的老妈妈还健在，我还能尽孝。我的愿望就是希望再让老妈妈多活三十年，我每天拉着妈妈的手出去遛弯儿。"

1950年出生的朱清章是包头石拐矿务局退休职工。黝黑、憨厚的脸上总是挂着微笑。但命运似乎总和他开玩笑。1975年，他的养母韩福珍因误将家里积攒的一千三百元钱焚毁，气急攻心突发脑溢血成了植物人。

屋漏偏逢连夜雨。朱清章的养父随后被诊断患有外伤性震颤麻痹综合征，生活逐渐无法自理。两个瘫痪老人的压力让年轻的朱清章喘不过气来。

"那会儿想过放弃，在家对面山上差点想滚下去一了百了；可想到爸妈，若自己先走了，不就等于也将他们杀害了吗？"朱清章觉得不能这样做，既然做了这个家的儿子，就得挑起这副担子。

转眼朱清章也到了该成家的年纪，可相亲的姑娘一看他们家两个卧床老人和潦倒的家境便没了下文。或许上天安排要有另外一个人帮助他操持这个家。来探亲的河南妹子张凤英看上了老实厚道的朱清章，两人挂了张毛主席像就结了婚。"当时她说，只要咱们夫妻恩爱，面前的这些问题就都不是问题，说得我一个大男人抱头痛哭。"

结婚第二天，勤快的张凤英把家里打理得干干净净，把老人也伺候得很舒适，光屎尿布就准备了五六十块，朱家门前常年飘扬的布头也成了邻居们眼中熟悉的景象。

"如果当儿的不侍奉妈妈，那还是个人吗！"朱清章说支撑他这么多年过来的动力很简单，就是作为一个儿子的责任。然而，命运并没有就此放过朱清章，瘫痪在床十四年的父亲去世后，妻子也患胃癌离开了人间。

2004年的一天，朱清章照例来到母亲床边，给她擦洗身体，可就在他要转身离开的时候，感觉母亲伸手拉了拉他。朱清章说他当时"高兴得简直要跳起来"。从那时起，朱清章每天给母亲擦身子，然后用热毛巾敷在母亲的胳膊和腿上帮助母亲弯曲关节、活动肌肉。就这样又过了三年，韩福珍老人慢慢能行动自如了。

是什么力量，让一位患病三十年的植物人活了过来，创造了又一个医学史上的奇迹？答案很简单，那就是孝心。还是《孝经》上的那句话："孝悌之至，通于神明，光于四海，无所不通。"2014年夏天，我在包头党校举办的论坛上讲课，当我讲到孝心本身就是能量、孝敬本身就是快乐时，坐在会场第一排的朱清章双手合十，向我致意。课后，我们一起用餐。他说："我非常同意你的观点。没有比孝敬老人更快乐的事情，如果我们错过了这个快乐，真是太可惜了。"

第二是爱另一半。这是一种非血缘之爱，一定意义上，比爱父母子女还重要。当能把一位没有血缘关系的人爱到像有血缘关系一样，爱就完成了、毕业了，五百级的能量通道就打通了。

要实现这一份爱，就要按照古人讲的"同心同德"去建设家庭。没有同心就没有同德，既然要同心，就不能给自己留下自留地，如果一个人的心还给别人留着一块，是不可能同心的。

我曾在演讲中做过多次调查："回家后敢把手机交给另一半保管的请举手。"不想应者寥寥。说明现在给自己留有感情空间的夫妇很普遍。事实上，一旦留有空间，夫妻恩爱就已经不是全频的了。不全频，能量自然也不是圆满的了。个体能量不圆满，家庭能量就更不圆满，五福肯定就会受限，家人的健康、智慧当然就受限。特别是自己的幸福指数，会非常低。

我曾给一位朋友讲："一个人如果能够把散落在外面的心全部收回来，会一下子体会到从未有过的幸福和富有，那是留有空间的人无法想象的，就像浪花无法想象大海的幸福和富有一样。"这位朋友怔怔地看着我，好一会儿，然后说："这是我最近听到的最震撼人心的几句话，理论上我完全能够接受，但我需要实践。"事实上，当自己把心收回来，原来的那些异性朋友从中得到的关怀更多，因为你的能量提高了，你的朋友系统的能量自然也会提高。我常常打比方，五伦关系就像一个手掌，当某一个指头提高时，另外四个同时提高，当某一个指头降落时，另外四个同时降落，因为它们是一个整体。朋友是十分重要的缘分，只要有缘分，就能够受到你的能量影响，你比他高，你补给他，你比他低，你也把他拉低。

1665 年，荷兰科学家贺金斯发现了"共振原理"：当两种有着不同周期的物质能量相遇时，振动频率强大的物质会使较弱的一方以同样的频率振动，而形成同步共振现象。他在墙上并排放置不同频率的老爷钟，不久，发现钟锤皆以同频率摆动。其后，许多人相继重复此钟锤实验，结果都是一样的。事实上，"共振"可以说是一种共鸣现象，在日常生活中到处可见。比如，未振动的琴弦会受强烈振动琴弦的影响而共振；比如，高音高频的歌声能提高玻璃杯的振动频率，当振动高到某一程度，玻璃杯会碎掉，因为玻璃无法再维持玻璃的形状了，这是无形影响有形的典型例子。

我们都有这样的体会，和人谈话很投机产生共鸣时，或课堂上老师的谈话很吸引你让你不断点头时，你的脑波可能正在共振；有时与人相处，彼此虽无言语却灵犀相通，也是共振的现象。

因此，交友很关键。这也让我们思考到底如何祝福亲人。有些人，老人活着的时候不好好孝敬，等过世了，却花很多钱举行各种仪式，有作用吗？我不敢评说，但是通过"五指同体"原理，我可以肯定，最好的祝福方式就是提高自己的能量，而要提高自己的能量，就要提高自己的德行。可见，好德本身就是祝福。

　　通过大量案例，我发现，那些想换一个配偶过上好日子的人，成功率非常低。为什么？因为自己的底片没有修改，再怎么换银幕，都是枉然。电影好不好看来自底片。婚姻的电影是心灵的投射，心灵没有得到改变，投影怎么会改变呢？因此，还不如借着目前这位把底片一次性修改成功，成本低，见效又快。换是非常辛苦的，代价是很大的。

　　因此，当下就要把心收回来，让能量回流，尽量靠近"都一样"的生命境地。

　　第三是爱孩子。如果说爱父母是回报，是回家最近的路，爱自己的另一半是从非血缘关系的组合那里拿到满分的爱，那么，爱孩子则是更重要的传承。爱孩子是关乎把爱传下去的大问题，人类要繁衍生息，就要用心爱孩子。

也许有人说，这一点你不用讲，我最爱自己的孩子了。我相信，天下没有谁不爱自己的孩子。可是，我们真的会爱吗？如果会爱，怎么还有一些孩子，手执凶器，将父母杀死？如果会爱，怎么有那么多孩子被投进铁狱？如果会爱，怎么有那么多孩子，小小年纪就身患顽疾？

如何爱孩子，依拙见，首先要帮他建立正确的生命价值系统、能量系统、生理系统。再简化，就是培养他的爱力。怎么培养？把爱表现给孩子看，把对父母的"孝"，对配偶的"爱"，对老师的"敬"，对万物的"惜"，表现给孩子看，这是个万通的方法。

爱父母、爱另一半、爱孩子，由之扩展，渐渐地，你就会善待一切人、一切存在，包括时间、空间、缘分，因为爱已经成为一种习惯，爱心已经养成，爱力已经具备。

这时候，"我爱你"的"你"已经由人变成了事。"我爱你"还可以随着自己的心量无限扩展。觉得动物与人一样的时候，就会爱动物；觉得植物与人一样的时候，就会爱植物；觉得粮食与人一样的时候，就会爱惜粮食。

懂得了这个道理，就会知道一粒米来到自己面前，是多么地不容易。它要在土壤里经受黑暗，拼命地顶破土层，保证不要被牛羊吃掉；好不容易活下来，还要风调雨顺，才能够长成。浪费一颗粮食，其实就是无视一个生命。

记得有一次，我下班后跟朋友一起从办公室出来，听到女卫生间的水哗哗哗地流，我问了几句"有人吗"，里面没人应，就进去把水龙头关掉了。朋友笑我，地球上每天有多少人在浪费水，靠你这样能节约多少？我说，别人怎么做我不管，也管不着，可我在关上水龙头的这一刻，特别快乐。

在如此方便的情况下，收获一次开心，何乐而不为呢？生命的意义是收获快乐，快乐是人生第一义。通过关水龙头这个动作，是否达成了一种物质上的交换？没有。感情上的交换呢？也没有。物质与感情的交换，都是非本质认同，而本质认同不管外在，只管我在这一刻是否给自己生命的大厦累积了坚实的基础。

知道了"我爱你"的意义，就可以扩展它的外延，外延越广阔，收获的爱就越多。到了一定程度，就会知道，空间、时间也需要爱。每一个念头都要爱，甚至要爱自己。

当我们能够从一切对象物上找到爱的动力的时候，整个世界就变成爱的矿藏。爱得越丰富，收获就越多。爱空间、爱时间、爱缘分、爱工作、爱情义，爱一切。

"你"是"爱"借助的对象，爱一切的目的，是为了让人回到爱中去。

最终要抵达的效果，就是让自己的心保持在爱的状态，爱也就成了自己心的构成。就像炼钢一样，对原矿的锻炼，是为了最终提炼出来钢。把生命的钢炼出来，它就成了我们的归属。炼成了"爱"，也就跟天地拥有了一个心，因为天地的心就是爱。

所以说，"我爱你"的目的不是为了"你"，也不是为了"我"，而是为了完成爱，为了能跟天地保持同一个频道。

既然"我爱你"如此重要，那就要把这个念头变成条件反射。如何建立这个条件反射？把它配到一切行为中去。如此，我们的幸福指数也会得到提高。按照宇宙全息论的说法，时空中的任一部分都包含着整体的全部信息，相对应地，一个念头本身就是一个完整的宇宙。如此，建立"我爱你"的条件反射，不但具有心理学意义，还具有现实意义。

不少人常常对人生产生一种无聊感。当年，每到打麦子的时候，我就想，人生到底是怎么回事呢？种了长，长了收，收了碾，碾了吃，然后来年再种，年复一年，活着有什么意思呢？找不到生命的意义。为此，我甚至写过一篇小说，名字就叫《没意思》。后来我发现，如果把"我爱你"的念头配到要干的活上，无聊感顿时就会消除。而且做得越多，享受得越多，跟在恋人面前说"我爱你"，感受是一样的。

接下来，再用"我爱你"的念头代替一切念头，尤其是痛苦的念头。

有一天散步，我突然意识到一个问题：散步本来是想休息大脑的，却常常被私心杂念充斥着，散完了更加劳累。现在我在散步的时候，就把"我爱你"的念头配进去，发现效果比以前好多了。但"我爱你"三个音节，和两只脚移动的节奏不协调，还是有些影响静心。一次，我写东西，累了，无意间"啊——"了一声，发现这个音节可以释放疲劳。发这个音的时候，心窝有震动，明显感觉到有开心的作用。才知道"开心"这个词，就是把心打开的意思。"啊——"一次，打开一次。我们看到，小孩子生下来，发出"啊——"的一声，也许就是先把心门打开。好多人的痛苦就是因为心结打不开。既然这个音有这种作用，就把它放在"我爱你"前面，变成"啊我爱你"，成为四个音节，再配到散步中去，发现特别舒服。刚开始走快一些，走着走着慢下来，当慢到不能再慢的时候，就会听到自己的心声。那个时候，对生命会有一种新的理解。

只有能倾听自己的心声，才能倾听别人的心声，这叫作知冷知热。《弟子规》讲"冬则温，夏则清"，就是教这个的。这样的一种心声，首先要从听到自己的声音做起，这就要让我们的心灵起来。妻子想什么，丈夫想什么，孩子想什么，自己都不知道，就谈不上理解对方，更别说爱对方了，于是矛盾与隔阂就产生了。"我爱你"，需要从提高心的灵敏度开始。而要提高心的灵敏度，首先要提高心能。

我体会，提高心能有三个重要方面：一是保持念头的纯粹度，二是保持念头的持续度，三是保持念头的力度。

纯粹度体现在忘我里，忘我程度越高，纯粹度越高。换句话说，越没有求心，纯粹度就越高。就像母亲对孩子的爱。没有哪位母亲，给孩子换尿布时，换一块，心里说，十元，换两块，说，二十元；喂一次奶，心里说，十元，喂两次，说，二十元。但是夫妻之间的爱往往有交换，当夫妻之爱达到恩爱的境界，没有交换的时候，婚姻的价值就完成了，这一门课就毕业了。

持续度指念头中间不能有杂音。私心杂念就是杂音，那就要把私心杂念去掉。如何去？我个人体验有两种办法：一种是以"一念"代"万念"。比如把"啊我爱你"配到日常行住坐卧、穿衣吃饭、举手投足中去，不让它间断。一种就是借助高能量的媒介，代替私心杂念，比如经典诵读，如果用直觉读一个小时，这一个小时生命就持续在高能量层；比如参加正能量的公益论坛，听一天，正能量就持续一天，听两天，正能量就持续两天。我周围也有一些同学用听打（把音频转为文字）老师讲课录音的方式保持持续度，听他们分享，效果更好。

力度体现在迫切上，它跟一个人的愿力有关系，也跟一个人的行功有关系。愿力大，行功深，念头就有力度。而一个人的愿力，又体现在实践天地精神的程度上，和天地精神越同步，就越大。行功好理解，表现为知行合一的程度，改过迁善的力度、速度，以及对恶习毫不留情的果断。

"我错了"

在一次论坛分享中，有位同学讲，听了我的课后，晚上回家就给丈夫说了一句"我爱你"，没想到丈夫先是一怔，用诧异的目光看了她好一会儿，然后说："神经病！"她问我为什么。我说，很简单，就像你给丈夫泡了一杯你认为的世界上最好的茶，可他认为是陈茶，哪怕你再强调是新茶。什么原因？茶杯的问题。如果茶杯没有洗干净，再好的茶泡出来也是陈茶的味道。同样，如果心灵积垢没有清除干净，给别人"我爱你"这杯茶，可能就会是"神经病"的味道。我们也常看到一些报道，好多妻子控诉自己对丈夫如何如何好，但他还是喜欢上了别人，原因很多，但有一条是肯定的，那就是对丈夫的爱中有软暴力，亦即对丈夫的爱是非妥善的、攻击性的。

真善一定是妥善。

那怎么办？先清理心灵积垢。如何清理？还是靠一个念头："我错了。"它是我们打扫心灵积垢的铁抹布。霍金斯通过科学实验发现，这个念头的能量也非常高，三百五十级，相当于九万个二百级之下的人的能量总和。

为什么这个念头有这么高的能量，因为它的体是谦德，也是天地频道。整个天地演绎的都是一个"谦"字。在整个宇宙星体中，一定是小星体围绕着大星体，低能量的星体围绕着高能量的星体，这种运行伦理，正是谦德的演绎。维护宇宙秩序的就是"谦"字。《了凡四训》引用许多前代典籍和生活实例证明唯谦受福。只有谦德才能给人带来福气，说明谦是最重要的能量来源。谦德体现在生活中，就是常说"我错了"。

当把"我错了"说到一定程度，谦德达到一定程度，"我"不存在的时候，就能尝到心想事成的味道。天地有一个基本的心肠，就是"心想事成"。

"我错了"是一种生产力。事实上，能说"我错了"就是"我爱你"。当你把身上的刺拔掉，把手里的武器放下，本身就是爱对方。这样，帮人时，对方就不会感受到攻击性。可见，"我爱你"落实到生活中，就是通过两个念头："我帮你"和"我错了"。"我帮你"是往面缸里装面粉的方法，"我错了"既可以打扫面缸，也是把面缸下面的漏洞堵上的方法。一边往面缸里装面粉，一边把下面的漏洞堵住了，面粉才能越来越多。当然，最好的办法是先把漏洞堵上再装，不然装一把漏一把，竹篮打水一场空。可见，"我错了"比"我帮你"更重要。

生命的茶杯用了许多年，满积灰尘，透不过光来，心就不灵。说一句"我错了"，就是在生命的茶杯上擦一抹布，不断地擦，最后擦到像刚出厂一样，也就成为圣人了。圣人有反污染的能力。当泥沙堆满泉池的时候，水就出不来了。一句"我错了"挖掉一铲泥，最后泉底的泥沙挖尽，生命就是一汪清泉，智慧与能量就都出来了。不用做什么，泉水都是满的。所以，"我错了"应该是落实"我爱你"的第一个念头。

生活中，人们习惯于说"你错了"，习惯于把错误都归结给别人。如果每一刻都建立一个条件反射"我错了"，就会从极端的"你错了"平衡到"中"上。只有平衡到"中"上，生命才有充盈的能量。因为"中"是一个人待在面缸里的状态。由此我想到"中医"二字，一定意义上，"中"本身就是"医"。患病是因为人离开了"中"。一旦离开"中"，生命的平衡就被打破了，用古人的话说，就是阴阳失调了。从这个意义上，常说"我错了"，是有一定医疗作用的，因为它把人的心气调整到"中"上。

由此我也想到，能够成为一个中国人，非常难得，所处地理位置刚刚好，四季分明，五谷丰登。不像印度太热，不像俄罗斯太冷，太热让印度人悲伤，太冷让俄罗斯人忧伤。因此印度人对现世没兴趣，只追求来世，他们甚至都不关心时间；俄罗斯人对平常生活没有兴趣，他们崇拜英雄，太关注时间，渴望激情和燃烧。而这一切，都会投射到文化上。中国人既怀念过去，又展望未来，更热爱当下，因此，能够出生在中国，本身就是一种福气。这样一想，我们就更要热爱祖先，把我们带到这片难得的土地，更要热爱祖国，让我们在这片土地上平安地生息。

话说回来，为什么有些人学了传统文化以后，反而会给家人带来压迫感呢？因为没有动"我错了"的念头，心态还是冰，还是水，没到达汽的状态。汽为人服务，但不给人压迫感。汽相对于冰和水来讲更为谦虚，谦虚的人往往给人一种轻松感。当一个人骄傲的时候，就给人以压迫感。就像一只刺猬，去拥抱人，只会让对方受伤。

有一次，在一个特定的情境中，我练习说"我错了"，刚开始感觉只是嘴巴在说，说着说着就认真了，泪水就出来了。泪水一出来，心就变软了。心一软，就能发现错误，准确些是承认错误，再准确些说，是开始接受一种心态，那就是人一定要认错，甚至认输，错了就错了，输了就输了，不能自欺欺人。认识到这一点，我感到无比的庆幸，因为我还有机会说一句"我错了"，多少人想说一句"我错了"，老天不给机会了。只要还有机会说"我错了"的人，都是有福之人。

　　一句"我错了"可以解决许多问题。一个人只有点亮心灯，找到自觉，所说的话、所做的事才有可能是正确的。不说"我错了"，说"我爱你"是假的，自己都不承认错误，不愿意打扫生命中的垃圾，不愿意去掉自己的傲慢，如何去说"我爱你"？只要傲慢在，就不可能去爱人，真正的爱里没有傲慢、嫉妒、抱怨。

　　有一次，我因为一件小事和妻子有了争执，两人僵持不下。最后，她问我到底认不认错。我说我要捍卫真理。她说，好，那我就让你尝一尝捍卫真理的味道。说完，拎了包走人。吃晚饭的时候，我就后悔了。第二天，有一件非常着急的事必须她处理，我更加后悔。这时，一名学生提醒我：说"我错了"啊。于是酝酿了半天，打算说句"亲爱的，我错了，回来吧"，拿起电话，没想到"亲爱的"没说出口，"回来吧"也没说出口，勉强说出"我错了"三个字。但效果非常好，过了一会儿，就听到了钥匙插在锁孔里的很温柔的声音，回头一看，她回来了。这时候，我就明白了一句话："天下本无事，庸人自扰之。"我把它改了一下："天下本无事，只因不说'我错了'。"晚上，我在日记上写下了这样一句话："不说'我错了'，正确也是错误；能说'我错了'，错误也是正确。'我错了'是一把万能钥匙，可以打开世界上一切心结！"

一定意义上讲，这个世界上压根儿就没有什么理好争。同样一个客体，当人们的念头变了，感觉就变了。还争个什么呢？对于一个醒着的人来说，梦游的人讲的一切，都是滑稽。世界线收束理论讲，世界之所以是这个样子，是因为我们观测到它是这个样子。世界的模样，是观测者心态的折射。

如果大家都能说"我错了"，这个世界显然要和平得多。战争的动因是动了一个"你错了"的念头。从这个意义上，能说"我错了"是第一生命力。同样，用行动说"我错了"，本身就在行善。给父母说"我错了"，给妻子说"我错了"，给先生说"我错了"，给儿女说"我错了"，给伤害过的人说"我错了"，就在行大善。

第一个"我错了"要说给父母。我们欠父母的太多。当年父母衣食住行样样为我们操心，每晚辛苦起来给我们换尿布，现在我们却一次脚都没给他们洗过；当年父母抱了我们无数次，现在我们却一次背都没给他们捶过；当年父母端详着我们长大，现在我们却连认真地打量父母一眼都没有过。父母给我们的爱与我们返还给他们的爱是多么不对等，认识到了，就赶快用行动给他们说一声"我错了"。

第二个"我错了"要说给另一半。大多数人都或多或少地伤害过对方，要真诚地给另一半说"我错了"。当面做不到，可以留纸条、发短信，不管用何种方式，让对方感受到自己的态度。矛盾就缓和了，家庭气氛就轻松了。

第三个"我错了"要说给孩子。不要认为给孩子说"我错了"会降低我们的权威，是一件丢人的事情；恰恰相反，给孩子说"我错了"，是直接教给孩子谦德，孩子会更加尊敬你。包括对配偶犯了错，也要当着孩子的面给对方认错，因为这本身就是教给孩子做人的态度，这比给他几百万元的存折有价值得多。做老师的也一样，讲错了知识，马上矫正，学生会尊敬你；如果讲错了，还想蒙过去，学生就会看不起你。错了就错了，大家共同学习。一个孩子带着"我错了"走上人生道路，是不会出事的。因为他能说"我错了"，说明他有自我校正的能力，一个有自我校正能力的人，是不会出大事的。

能说"我错了"，家庭就一定其乐融融，就是一个乐场，"家和万事兴"。"万事兴"是一棵参天大树的枝和叶，"家和"的"和"是根，要想"和"，就离不开说"我错了"。

第四个"我错了"要说给自己。如果污染了自性，要给自性说"我错了"；如果伤害了身体，要给身体说"我错了"；如果伤害了胃，要给胃说"我错了"；如果伤害了肺，要给肺说"我错了"。第五个"我错了"，说给领导、同事、同学、朋友，包括单位、国家、天地、万事万物。

说"我错了"要和赞美结合起来。而要赞美别人，就一定得看他人的优点。人之所以说"你错了"，一定是看他人的缺点了。

每天给自己定一个任务，送出去十个赞美。如果一开始做不到，先定一个目标，每天早上赞美爱人一次。不管怎样，他身上总有值得赞美的地方。这样，夫妻关系就改变了。千万不要以为结了婚，另一半就装到保险柜里了，说话不注意，时间长了，负面情绪积累到一定程度，就会引起质变，最终引起感情的破裂。

孩子也需要赞美。对着自己的孩子，千万不能说负能量的话，"笨蛋，脑子进水了"，这些念头经由父母反复地说，就会产生不良的效果，因为信息暗示会产生对应的能量和物质。绝对不能用负能量的念头对亲人、对一切的人。千万不能把否定式批评当作教育方式，批评的直接后果是毁掉孩子的自信。一个孩子不够聪明，一定是父母对应的心理暗示造成的。

美国心理学家罗森塔尔到某校从各班随意抽了十八名学生，写在一张表格上交给校长，极为认真地说，这十八名学生经过科学测定全都是高智商人才。事过半年，罗森又来到该校，发现这十八名学生的确超过一般人，长进很大，再后来，这十八人全在不同的岗位上干出了非凡的成绩。这就是著名的罗森塔尔效应，说明暗示会产生巨大的能量。

戴尔·卡耐基很小的时候，母亲就去世了。在他九岁的时候，父亲又娶了一个女人。继母刚进家门的那天，父亲指着卡耐基向她介绍说，以后你可千万要提防他，他可是全镇公认的最坏的孩子。卡耐基本来不打算接受这个继母，但继母的举动却出乎他的意料。她微笑着走到卡耐基面前，摸着卡耐基的头，责怪丈夫说，你怎么能这么说呢？你看哪，他怎么会是全镇最坏的男孩呢？他应该是全镇最聪明最快乐的孩子才对。继母的话深深地打动了卡耐基。从来没有人对他说过这种话啊，即使母亲在世时也没有。就凭着这一句话，他和继母开始建立友谊。也就是这一句话，成为激励他的一种动力，使他日后创造了成功的二十八项黄金法则，帮助千千万万的普通人走上成功之路。

有一位父亲用存了很久的钱买了一部新车，非常爱惜，每天都精心清洗它。他五岁的儿子总是跟着他一起清洗。有一天，他累了，就没有清洗，尽管车很脏了。儿子知道父亲累了，便想背着父亲把车洗完，可他怎么也找不到抹布。后来，他想到了母亲平时刷锅的钢丝刷子，就拿它独自清洗起来。洗完发现车上留下了一道道印痕。他忙去叫来父亲，边哭边向父亲道歉。父亲看见自己的新车被刷成这样，都快气死了，但他很快冷静下来，把正坐在地上哭泣的儿子拥到怀里，说，傻孩子，谢谢你帮爸爸洗车，爸爸爱车，但更爱你。

赞美不嫌多。把赞美别人变成习惯，把看别人的长处、看自己的缺点结合起来。聪明人绝不看别人的缺点，对孩子、爱人、父母都应该这样。要把眼前的任何对象看成是最美的，要对孩子说"你最棒"，对妻子说"你最贤惠"，对丈夫说"你最优秀"，包括对社会，对一草一木，对山河大地，都要赞美。当赞美成为一种习惯的时候，你会发现世界就变了。一个人的念头在赞美的时候，得到的反馈也是赞美。

如果能从所有的事物上都看到优点，就会变成这个世界上最伟大的诗人，苏东坡就说过："吾上可陪玉皇大帝，下可陪卑田院乞儿，眼前见天下无一个不好人。"

有一则教育家陶行知先生的故事：一天，有人报告操场上有名学生拿泥巴砸另一名同学，陶先生过去处理，让这名同学住手，并让他放学之后到校长室去。放学后，陶先生来到校长室，学生早已等着了，一副准备挨训的样子。陶先生却掏出一颗糖，对他说："奖励你的。我让你放学后到办公室来，你就来了。"又掏出一颗糖，说："奖励你的。我让你住手你就住手。"再掏出一颗糖："奖励你的。我调查了，你拿泥巴砸那个同学，是因为那个同学欺负女同学，你有正义感。"这名学生的眼泪就下来了，说："校长，我再有正义感，也不能拿泥巴砸人啊。"陶先生的第四颗糖就掏出来了，说："奖励你的。你认识错误的速度太快了。"如果换了别人呢？可能噼里啪啦几巴掌就打过去了，就把孩子改过的自信打掉了。

改过需要自信，说出"我错了"也需要自信。陶先生用前三颗糖让这位学生找到自信，他才能把"我错了"说出来，不然这个学生既认识不到拿泥巴砸人是错误的，还会想，我帮助别的同学，你为什么还要批评我？可见赞美、鼓励的重要性。

赞美别人，给别人一份生机，也给自己一份生机。

要把赞美变成习惯。只有你爱他，希望他好，你才会赞美他，赞美就要带着这种成全他人的心。著名心理学家智然先生在他的《〈大学〉与中国管理功夫》里曾经引用一位老将军的话说："表扬使人谦虚，批评使人骄傲。"表扬要记住一个原则：表扬他的人品，不要表扬他的外貌；表扬他的精神，不要表扬他的财富。容貌是先天生成的，不论怎样赞美，都不能改变。而品行则可以通过后天培养来改变。为什么有许多漂亮女孩，长大以后命运不济呢？被别人捧杀的。她还在妈妈怀抱里的时候，别人就说："真漂亮啊。"她就会变成宇宙的中心，生活中遇到一点挫折，就受不了，甚至会自动放弃生命。这跟当年赞美她的人不无关系。

如果非批评不可，也要看对象与方式。比如说，小孩子犯错误，你敲他一竹板，没问题。如果他有自尊心之后就不能敲竹板了。对成人，不仅不能敲竹板，就连暗示也要慎重，更不要说揭短说私。《弟子规》讲："人有短，切莫揭。人有私，切莫说。道人善，即是善。人知之，愈思勉。扬人恶，即是恶。疾之甚，祸且作。"真是至理名言。

过去那些大家族中，有许多有智慧的婆婆，都在成功地应用赞美艺术管理着一个大家庭。有一位婆婆，逢人就讲儿媳孝顺，说儿媳每天给她倒尿壶。一天早上，儿媳就真端着婆婆的尿壶倒去了，原来之前儿媳从来就没有给她倒过尿壶。现行社会婆媳关系普遍紧张，一个重要的原因就是互相揭短说私。

当赞美成为一种习惯，自然就会想方设法看人优点，当看人优点成为一种习惯，自然会容易发现自己的缺点。

这有两个方面的原因：一是他人的优点本是一面镜子，可以照出自己的缺点；一是通过看人优点提高了自己的能量。因为看人优点是动高能量的念头，而能量藏在念头里。一个人如果能量不够，是轻易发现不了自己的缺点的。

我曾让侄子戒烟，他总是戒不掉，我十分生气。后来的一天，我突然看到了自己的一个毛病，一下子理解了他。当我把烟、酒、肉全都戒掉时，味觉就非常敏感。以前吃不出来白面馒头有什么味道，现在，在一个馒头里，我会尝到阳光的清香。如此，总是忍不住在正餐外要吃一块。一天，当再次败给感官时，我就一下子理解了抽烟的人。抽烟是动了一个念头，吃馒头也是动了一个念头，本质上是一样的。好色是动了一个念头，吃馒头也是动了一个念头，对美色动了心和对馒头动了心，看上去有区别，本质上是一样的，都是因为心动了。以前看着好色的人，很厌恶，现在转为同情了。

一种宽容之心就生了起来。再说"我错了"，就发现更有力量了。后来，我还发现，正是这种宽容之心，在不断催促自己改过。无疑，"我错了"要落实在改过上。改过从何入手？《了凡四训》讲得透彻：

春秋诸大夫，见人言动，亿而谈其祸福，靡不验者，《左》《国》诸记可观也。大都吉凶之兆，萌乎心而动乎四体，其过于厚者常获福，过于薄者常近祸。俗眼多翳，谓有未定而不可测者。至诚合天，福之将至，观其善而必先知之矣；祸之将至，观其不善而必先知之矣。今欲获福而远祸，未论行善，先须改过。

但改过者，第一，要发耻心。思古之圣贤，与我同为丈夫，彼何以百世可师？我何以一身瓦裂？耽染尘情，私行不义，谓人不知，傲然无愧，将日沦于禽兽而不自知矣；世之可羞可耻者，莫大乎此。孟子曰："耻之于人大矣。"以其得之则圣贤，失之则禽兽耳。此改过之要机也。

第二，要发畏心。天地在上，鬼神难欺，吾虽过在隐微，而天地鬼神，实鉴临之，重则降之百殃，轻则损其现福，吾何可以不惧？不惟是也。闲居之地，指视昭然；吾虽掩之甚密，文之甚巧，而肺肝早露，终难自欺；被人觑破，不值一文矣，乌得不懔懔？

不惟是也。一息尚存，弥天之恶，犹可悔改；

古人有一生作恶，临死悔悟，发一善念，遂得善终者。谓一念猛厉，足以涤百年之恶也。譬如千年幽谷，一灯才照，则千年之暗俱除；故过不论久近，惟以改为贵。但尘世无常，肉身易殒，一息不属，欲改无由矣。明则千百年担负恶名，虽孝子慈孙，不能洗涤；幽则千百劫沉沦狱报，虽圣贤、佛、菩萨，不能援引。乌得不畏？

第三，须发勇心。人不改过，多是因循退缩；吾须奋然振作，不用迟疑，不烦等待。小者如芒刺在肉，速与抉别；大者如毒蛇啮指，速与斩除，无丝毫凝滞。此风雷之所以为益也。

具是三心，则有过斯改，如春冰遇日，何患不消乎？然人之过，有从事上改者，有从理上改者，有从心上改者。工夫不同，效验亦异。如前日杀生，今戒不杀；前日怒詈，今戒不怒：此就其事而改之者也。强制于外，其难百倍，且病根终在，东灭西生，非究竟廓然之道也。

善改过者，未禁其事，先明其理。如过在杀生，即思曰：上帝好生，物皆恋命，杀彼养己，岂能自安？

且彼之杀也，既受屠割，复入鼎镬，种种痛苦，彻入骨髓。己之养也，珍膏罗列，食过即空，疏食菜羹，尽可充腹，何必戕彼之生、损己之福哉？又思血气之属，皆含灵知，既有灵知，皆我一体，纵不能躬修至德，使之尊我亲我，岂可日戕物命，使之仇我憾我于无穷也？一思及此，将有对食伤心，不能下咽者矣。

如前日好怒，必思曰：人有不及，情所宜矜；悖理相干，于我何与？本无可怒者。又思天下无自是之豪杰，亦无尤人之学问；行有不得，皆己之德未修，感未至也。吾悉以自反，则谤毁之来，皆磨炼玉成之地；我将欢然受赐，何怒之有？

又闻谤而不怒，虽谗焰熏天，如举火焚空，终将自息；闻谤而怒，虽巧心力辩，如春蚕作茧，自取缠绵。怒不惟无益，且有害也。其余种种过恶，皆当据理思之。此理既明，过将自止。

何谓从心而改？过有千端，惟心所造；吾心不动，过安从生？学者于好色、好名、好货、好怒种种诸过，不必逐类寻求，但当一心为善，正念现前，邪念自然污染不上。如太阳当空，魑魅潜消，此"精一"

之真传也。过由心造，亦由心改，如斩毒树，直断其根，奚必枝枝而伐、叶叶而摘哉？

大抵最上者治心，当下清净；才动即觉，觉之即无；苟未能然，须明理以遣之；又未能然，须随事以禁之。以上事而兼行下功，未为失策；执下而昧上，则拙矣。

顾发愿改过，明须良朋提醒，幽须鬼神证明。一心忏悔，昼夜不懈，经一七、二七，以至一月、二月、三月，必有效验。或觉心神恬旷；或觉智慧顿开；或处冗沓而触念皆通；或遇怨仇而回嗔作喜；或梦吐黑物；或梦往圣先贤，提携接引；或梦飞步太虚；或梦幢幡宝盖。种种胜事，皆过消罪灭之象也。然不得执此自高，画而不进。

昔蘧伯玉当二十岁时，已觉前日之非而尽改之矣。至二十一岁，乃知前之所改，未尽也；及二十二岁，回视二十一岁，犹在梦中。岁复一岁，递递改之。行年五十，而犹知四十九年之非。古人改过之学如此。

吾辈身为凡流，过恶猬集，而回思往事，常若不见其有过者，心粗而眼翳也。然人之过恶深重者，亦有效验：或心神昏塞，转头即忘；或无事而常烦恼；

或见君子而赧然消沮；或闻正论而不乐；或施惠而人反怨；或夜梦颠倒，甚则妄言失志。皆作孽之相也。苟一类此，即须奋发，舍旧图新，幸勿自误。

"这一刻"

前面讲了给生命田野里播撒的三种高产量种子，它是三个念头，"都一样""我爱你""我错了"。有了肥沃的土壤，加上高产量的种子，能量面缸里的面粉就是满的，想做长寿的面条就做长寿的面条，想做富贵的面包就做富贵的面包，想做康宁的点心就做康宁的点心，想做善终的饼干就做善终的饼干。但是，面条也好，面包也好，点心也好，饼干也好，时间长了，都不能长久地保质，保质的最好办法就是待在面缸里不出去。那有没有一个念头，可以让我们待在面缸里不出去？有，"这一刻"。

生命是由无数的"这一刻"构成的。如果每一刻你在，你就永远在；如果每一刻你幸福，你就永远幸福；

如果每一刻你明白，你就永远明白；如果每一刻你圆满，你就永远圆满；如果每一刻你喜悦，你就永远喜悦；如果每一刻你永恒，你就永远永恒；如果每一刻你心想事成，你就永远心想事成。如此，就是"都一样"，就是"我爱你"，就是"我错了"。不管是吃饭的"这一刻"，还是走路的"这一刻"，都是"这一刻"，不管是你的"这一刻"，还是我的"这一刻"，都是"这一刻"，不就是"都一样"吗？能够回到"都一样"，当然是"我爱你"，能够回到"这一刻"，是最好的纠错，因此也是"我错了"。

能够回到"这一刻"，对生命太重要了。

课程中，我常常让大家做一个实验：在一分钟内，跟踪呼吸，呼到不能再呼，吸，吸到不能再吸，呼，看能否做到只是跟踪呼吸，不起杂念，不走神，结果很少有人不起杂念，不走神。那么，是哪一个"我"在起杂念？又是哪一个"我"发现自己起了杂念的呢？

细心体会，就会对生命有新的认识，原来这个"我"由两部分构成。一部分是正在起杂念的"我"，一部分是发现有杂念起来的"我"。换句话说，一部分是生产杂念的"我"，另一部分是生产线的观察者。如果把起了杂念的"我"看作是舞台上正在表演节目的演员，那么发现者就是观众；如果把起了杂念的这个"我"看作是牛，那么发现者就是牧牛人。

生命在一定意义上来讲，就是牧牛。需要把牛调教到让它在庄稼地边吃草又不吃庄稼的状态，需要防止牛把粮食吃了而牧牛人却睡着了的情况。小牛犊刚出圈的时候，活蹦乱跳的，需要你牵着缰绳；牵上一段时间缰绳以后，只需要拿着一根鞭子；再过一段时间，鞭子也不需要了，跟着它就行了；再过一段时间，跟都不需要了，只需看着它就行了；再过一段时间，早晨把它赶出去，晚上它会自动回来，那就成功了。对于被发现者这样一个生命客体，要用牧牛的方法把它驯服。

夫妻两个吵架，白热化了，妻子说："你有本事就动手吧。"丈夫说："你以为我不敢？"妻子说："那你动啊。"丈夫的菜刀就过去了，一条人命就没了。挥动菜刀的时候，是发现者在作主呢，还是被发现者在作主？答案是被发现者。发现者缺席了。

这就是生命存在的两种状态，本质状态和非本质状态。生气的时候，挥动菜刀的时候，丈夫在非本质状态；菜刀挥过去的时候，如果发现者在场，菜刀就会停下来。为了避免这样的悲剧，找到这个发现者就无比重要。当人处于生气、嫉妒、抱怨的时候，发现者是在睡眠的。

生命中有太多的悲剧，就是在发现者不在场的时候发生的。很多人常常有这样的体会，吵过架就后悔了，但当时实在忍不住。因为发现者不在场，被发现者作了主。也就是主体不在场，客体作了主。"当家作主"的"主"就是发现者，就是生命之灯亮着的一种状态。

如果找不到这个发现者，意味着生命没有安全可言。电闸本来该拉下来的，却推上去了，如果正好有员工在作业，事故就会发生。

在相当多的时候，主体都是沉睡的。如果一个人找不到主体，就不可能提高学习效率、工作效率，也不可能提高生命的质量，更不可能体验到幸福。虽然幸福就在那里，就像停在你肩头的蝴蝶，但你看不见。最后蝴蝶只好伤心地飞走了。

在没有找到生命的主体之前，在没有自己当家作主之前，谈民主、要求别人都是没有作用的。自己的主体都还在沉睡。民主是自主之后的一个状态，没有自主如何谈民主呢？所以，传统文化是落实社会主义核心价值观的根本。而传统文化的核心，就是找到生命的主体。如果一种文化没有带人们找到主体，那么这个文化就没讲到究竟处。只有把一个人的主体从梦中唤醒，生命才算自立。不然我们就一直在梦中，要么被老虎追得跑，要么被狗吓得流汗，要么金榜题名，要么洞房花烛，但醒来以后，什么都没有。

一个健康的生命，一定是主体和客体同步的。主体和客体同步，就是我在《寻找安详》一书中用大量篇幅讲的现场感。过去讲究师徒传承，刚开始徒弟跟着师父，师父是不会讲什么心法、奥义的，往往先让他到后院砍柴去，砍到手上磨出老茧再说。如此好几年，徒弟都在干一些打杂的活。这种看似不人道的做法，事实上是一种智慧。如果师徒之间的频率没有调整到同步，心灵传承是无法进行的。这就像要收听中央人民广播电台的节目，却没有把频道调好，就收不到。内容再重要再精彩，听不到，播了也白播。可见主客同步的重要。

中国民间有许多传统仪式，就是把人带向现场感的。小时候过大年，会有"傩舞"的表演。其实是让人进入"傩"的状态，不能随便说话，不能随便做动作，就是让人们进入绝对的在现场状态。社火、仪式、舞蹈，全是让人们进入现场感的方法论，为的是把人们引到主体那里。

关于舞蹈的起源，有多种说法。在我看来，正是为了把人们带回主体之中，包括杂技等众多表演，一个人要做两个三百六十度的空翻，如果没有现场感，是不可能完成的，这个过程需要明明白白。

如果找不到现场感，幸福就无从谈起。幸福是你在最朴素的生活和工作现场就能尝到的，而且是百分之百的幸福。但人们常说，现在好好学习，将来去享幸福；现在好好工作，将来去享幸福。这两句话把人带离了生命根本快乐的海洋。

学生如果在写"人"字一撇一捺的时候没有体会到快乐，等把"人"字写完才快乐，都已经晚了，何况等到"将来"。但有些同学会说，问题是我在写一撇一捺的时候不快乐，为什么？答案很简单，我们不在现场。现场感里只有快乐。我尊师，我快乐；我节约，我快乐……一定要在"这一刻"找到快乐。如果在"这一刻"没有体会到快乐，就永远找不到快乐。

生命的快乐就在"这里"，要时时刻刻地还原。"这一刻"自己在做什么事情，就要把自我还原到这件事情之中，让自己全身心处于当下这件事情中。这个"在"本身就是快乐。时时刻刻要意识到这个"在"，就是现场感。

如果在吃饭的时候错过吃饭，睡觉的时候错过睡觉，走路的时候错过走路，工作的时候错过工作，一定会在幸福的时候错过幸福。幸福本身就是一个不错过，就在"这一刻"，并且一直就在"这一刻"。如果每一个"这一刻"我们没有体验到幸福，想到别处去寻找，是永远找不到的，因为没有养成每一刻幸福的习惯，换一个地方还是错过。

幸福是不错过。幸福就在这里，幸福就是自己，幸福就是生命本身。我活着，我快乐；我呼吸，我快乐。在出这一口气的时候就要快乐，在吸这一口气的时候就要快乐。古智者讲的快乐，是零成本的快乐，活着就是快乐。讲得极端一些，甚至痛苦时，也要快乐。我有一次接受刮痧治疗，在一阵让人就要背过气去的剧痛中，我居然笑出声来。大夫纳闷，说，他治疗了这么多人，没有见过这时还能笑的。我说，很享受啊。笑出声的那一刻，我换了一个念头，要享受那种在别人看来无法忍受的疼痛，结果疼痛就变成了笑声。

生命的本体层面就是幸福。只要你不错过，它就在。痛苦就是跟本体错过，就像一个人拿着金盆到处讨饭一样。只要离开这个"本我"，就会焦虑、痛苦。小孩子为什么要到妈妈怀抱里？因为妈妈让他感觉到安全。花朵一旦离开了根，就会枯萎。

一个人只有找到现场感，才能变成一个美的欣赏者，才会变成诗人，变成作家，才能满眼看过去都是诗情画意。

在《寻找安详》一书中，我讲过可以通过"退"的方法，回到没有念头的地带。没有念头的境地，就是纯粹的"这一刻"。不想将来，不想过去，也不想任何关乎幸福的事情，只是待在"这一刻"，就待在了永恒幸福当中。那是一种喜悦，它不是高潮，也不是低潮，它是中潮。当一个钟摆摆到上面去的时候，它一定会到下面来。所以，高潮事实上是一个泡沫。浪花无论有多高，终归是要回到大海，回到大海里面才是永生，才是永恒。回到每一个"这一刻"，就回到了大海。

古人为什么讲"吉人自乐"？一个人真找到安详之后，多余的话都不说了，每天就笑嘻嘻地坐在那里，你问他才说，你不问他，他不会说多余的一句话。他不会说"你吃了吗""今天股市怎么样"，他处在无念状态，那种状态是一种保持能量的最好状态。要接受这个宇宙中的高级能量，最好的办法就是待在"这一刻"。任何情况下，都不动私心杂念。只要时时在现场，人人皆可为尧舜。《论语·卫灵公》记载：

师冕见，及阶，子曰："阶也。"及席，子曰："席也。"皆坐，子告之曰："某在斯，某在斯。"

师冕出，子张问曰："与师言之道与？"子曰："然。固相师之道也。"

简单翻译一下就是：乐师冕来见孔子，走到台阶边，孔子说："这是台阶。"走到坐席旁，孔子说："这是坐席。"等大家都坐下来，孔子告诉他："某某在这里，某某在这里。"师冕走了以后，子张问孔子："这就是同盲人讲话的方式吗？"孔子说："这就是帮助盲人的方式啊。"孔子如何帮助盲人乐师，帮助他找到现场感。这显然是一则关于现场感的寓言，一个乐师如果找不到现场感，他的音乐是没有力量的，作家、书画家、表演艺术家，均是如此。

因此，我理解"仁"的根本义是合二为一，是在现场。

生命是由无数的"这一刻"构成的，如果每一刻你都"在"，你就会永远"在"。这一个"在"是下一个"在"的种子，下一个"在"又是下下一个"在"的种子，"在"就成为永恒。这一刻的电影是上一个生命片段的底片变的，这一刻的"在"又是下一部电影的底片，下一个"在"又是下下一个生命片段的底片，底片永远在，电影还能消失吗？生命的永恒性由此得以实现。只要你感觉到"在"，就不会有"不在"的恐惧。这个地盘被"在"占着，"不在"就沾不上边了。

这个世界上真的没有别的重要的事，除了回到快乐老家。而回到快乐老家有一个我们能够共同拥有的媒介，就是"在现场"。你也在现场，我也在现场，他也在现场，宇宙也在现场，人们就是一体。

一定意义上，现场感就是存在感。常常体会到存在感，对生命太重要了，它的直接效果是消除恐惧感，带来安全感。人们之所以焦虑、抑郁，就是这个"在"没了。所以，从一定意义上来讲，它是生命的根。

把每一个"这一刻"抓住太关键了。因为都是"这一刻"，吃在"这一刻"，穿在"这一刻"，走在"这一刻"，听在"这一刻"，睡在"这一刻"，不是"都一样"吗？吃、穿、住、行变成了人们回到"这一刻"的媒介。

回到"这一刻"，就实践了"都一样"，你也在"这一刻"，他也在"这一刻"，我也在"这一刻"，大家都在"这一刻"，这时候你才能够理解什么叫"同心同德"，因为"同心"，所以"同德"。《了凡四训》里面讲立命"要从无思无虑处感格"，"丰歉不贰，然后可立贫富之命；穷通不贰，然后可立贵贱之命；夭寿不贰，然后可立生死之命"。这个"不贰"就是"这一刻"，如果你离开了"这一刻"，一定走神了，只要走神，生命面缸里的面粉就跟出去了；只要不走神，面缸里的面粉永远在那里。

无思无虑是处理问题的最好办法。一切外在纷扰都是思虑溅出的浪花，当归于无思无虑，浪花会自动平息。因此，智者从来不从外在着手解决问题，而是直接从内在着手解决问题。换句话说，智者只管清理自己内心的纷扰，不去直接解决问题，因为清理自己本身就在解决外在一切问题。就像他看到两个人在打架，他会认为这是自己内心纷扰的投射，会马上做自我清理。

法国国家科学研究院的阿斯拜克特发现，在特定的情况下，次原子的粒子们，同时向相反方向发射后，在运动时能够彼此互通信息。不管彼此之间的距离多么遥远，它们似乎总是知道相对一方的运动方式，在一方被影响而改变方向时，另一方会同时改变方向。可见，每个事物都沟通贯穿着一切事物，一切事物都交互贯穿于一个事物。这也可以帮助我们理解一切问题都可以在内部获得解决，因为主体内在联系着所有客体外在。这就像电视台更换节目，所有接收器会随之更换节目一样。

伦敦大学的物理学家鲍姆进一步认为，客观现实并不存在。尽管宇宙看起来具体而坚实，但其实只是一个幻象，一个巨大而细节丰富的全息摄影相片。那就意味着这个宇宙有一个投影源，有人认为，这个投影源可能是另一个高维宇宙，而另一个高维宇宙又是更高维宇宙的投影，一直到 N 维，直至 N 趋于无穷大。尽管如此，按照全息理论，它仍然和人的心性是全息的，既然和人的心性是全息的，那么改变心性就在改变世界。

我理解，人的心性层次和宇宙维次是对应的，要想摆脱维度对人的束缚，就要不断提高心性层次，不断提高能量自由度。而维度，就是能量自由度。王阳明讲："无善无恶心之体，有善有恶意之动，知善知恶是良知，为善去恶是格物。"非常清楚地讲了能量的四个层面。一个人当他归于无善无恶的本质地带，能量就是圆满的，而一切问题，归根到底都是能量问题。一个人如果把心频调整到本质地带，他就拥有了圆满的能量，投射到外在，问题自然会迎刃而解。而一个低能量生命，要去解决高能量纷扰，只是徒增烦恼而已。

现场感后面是根本归属感。人如果没有归属感，无论多有钱，再占有物质，都会恐惧痛苦。找到现场感，还会找到一种力量感。觉得自己非常强大，非常有力量，可以控制一切场面，包括把握自己的命运。找到现场感，是找到安全感、幸福感、美感、归属感、力量感的前提。

现场感甚至还带来一种优雅感。有的人在台上讲话，内容很好，但嘴在讲脚也在讲，腿抖，桌子也在抖，这个人显然没找到现场感。找到现场感的人，会常常体会到自己的存在。找不到现场感，人们常常有一种好动、焦虑的表现，比如常常会弄自己的头发，拿一支笔在手上转，反正就要做个事。男士如果找不到现场感，没有绅士感可言；女士如果找不到现场感，没有优雅感可言。

人能够抓得住的最有价值的财富是什么呢？就是现场感，就是"这一刻"。生命是由无数的"这一刻"构成的，每一个"这一刻"抓住了，就成功了。现场感最后表现为成功感、成就感。每一刻我都在，每一刻我都实现，我就永远在实现理想。把"这一刻"抓住，就抓住了永远。"这一刻"很可能就是多维次生命的一个共同港口。因为你也在"这一刻"，我也在"这一刻"，就是在同一趟车。

我们要想回家，就要待在"这一刻"。《礼记》里面有一个重要的经典叫《乐记》，讲"礼乐不可斯须去身"，心如果离开了礼乐一会儿，就会被别的东西占领；"心中斯须不和不乐，而鄙诈之心入之矣；外貌斯须不庄不敬，而易慢之心入之矣"。

中国文化的核心是一个字："中"。"中"是生命力，最好的"中"就是"这一刻"。想过去的时候不在"中"，想未来的时候不在"中"，只有"这一刻"才在"中"上。所以，《中庸》里面讲："喜怒哀乐之未发，谓之中；发而皆中节，谓之和。"礼的作用就是把我们的情绪保持在一种"中"的状态。

如果找不到现场感，往往会把中庸之道理解成折中主义。中国人把中庸之道作为方法论用，也作为价值观用。"这一刻"是"喜怒哀乐之未发"的那个"中"，"这一刻"是让生命面缸里的面粉保持不变质、不流失的最好的办法。如果每一个"这一刻"我都明明白白，生命面缸里的面粉就永远是满的。

平常面缸里的面粉是怎么漏掉的呢？动一个杂念、走一次神，能量就走掉一部分。古人把能量描述为三种状态——精、气、神，"神"是最高级的能量。"精足不思淫，气足不思食，神足不思眠。"神是最高的能量，走神就是能量走掉了。长期流浪养成的生命惯性，老是喜欢变，朝三暮四，总是想着到远方，唯独回不到现场。当能安处在一个巨大的"在"中，还要到"那里"去吗？"这里"也是"在"，"那里"也是"在"，都在"在"当中，不就是永恒家园吗？如果在"这里"找不到"在"，在"那里"也找不到的；如果在这个院子里找不到喜悦，换一个院子也未必能找到。

找到了"这一刻"，我时刻都"在"，小偷就不敢进来。小偷之所以造访某一家人，是他观察好久了，这家的灯好几个晚上没亮，说明主人"不在"。所以，防盗的最好方法是把屋子里的灯亮着，不是防盗门有多好，而是要有现场感。如果找不到"这一刻"，生命就常常处在一种被盗的状态。而最可怕的盗，是自己盗自己。贪财、贪色、贪名、贪食、贪睡、贪酒、贪玩，都是在盗自己。

明明白白吃，明明白白走，明明白白睡，明明白白工作，让明明白白成为习惯，将来就不会搭错车。《黄帝内经》里有句话"正气内存，邪不可干"，只要正气在，邪气就进不来。邪气进来一定是正气不在的时候，所以，《黄帝内经》讲健康的第一原理是"正气内存""精神内守"。

精神内守的状态就是现场感，时时意识到自己"在"。这也就是"自在"。

在现场，既是方法论，又是世界观，又是生命观，又是价值观。如果生命出现了不平衡、不和谐，一定是离开了现场。要牢牢地盯住"这一刻"，这个生命的单元，去建设生命大厦。每一个"这一刻"就是一块砖，把这一块砖抓住了，生命大厦就建立起来了。

在《寻找安详》一书中，我较为详细地介绍了找到现场感的几个渠道，本书着重从"这一刻"的角度介绍，方便读者掌握。

找到主体本身就是生命的意义。对应到生活中，吃饭的时候，要明明白白吃饭；睡觉的时候，要明明白白睡觉；走路的时候，要明明白白走路；工作的时候，要明明白白工作。最后要明白到每一个"这一刻"。

生活节奏的加快，让很多人吃饭的速度也增快了许多，根本没有尝出来面包的味道、大米的味道、蔬菜的味道。香不香呢？舌头根本没尝出来，因为人没在现场。第一口还没咽下去，眼睛已经在第二口菜上了。客体会撺掇主体赶快吃"那一口"，唯独不在"这一口"上。多少人一辈子就像吃饭，永远被目标带着奔跑，唯独忘记了自己的双脚。因为永远盯着外在，没有尝到当下生命这道大餐的美味。

如果不在现场把一碗米饭吃掉，就好像一个友人不远千里来探望自己，自己都不抬头看一眼，就把人家打发掉了，友人是一种什么感觉？所以，吃饭的时候，一定要明明白白吃，就是负责任的态度。再说，吃得太快，没有咀嚼，酶没分泌出来，食物下去以后根本吸收不了，白白地给五脏六腑增加了负担而已。平常吃得多，以为是为自己增加营养，其实只是满足了一点点舌头的快感，肠胃并没有吸收多少养分。

古人喝水的时候，为什么要喝一口咽三次。在我看来，就是通过这个方法让你保持在现场。如果找不到现场感，去讲茶道，就只能讲个皮毛，茶道的目的是让人们回到现场。

睡觉的时候，也要明明白白睡。要知道自己在睡觉，最起码要听到自己的心跳。那个旋律无比美妙。沉浸在那种美妙中，你就会觉得，身体就是一架最好的木琴，你就会理解什么是"天籁"，听着那种天造的音乐，再配上"我爱你"，一会儿就睡着了。

走路要明明白白走。要跟踪脚怎么提起来，怎么挪动，怎么落下去，怎么触到地面，提、移、落、触，都要交代清楚。

工作也同样，一边干活一边想别的事，不可能把活干好。如果找不到现场感，要做到全神贯注是不可能的，要做到全心全意为人民服务，也不可能。全心全意是现场感的另一个表述。心如果常常跑掉，怎么能全心全意呢？

我有个朋友正给学生上课，上到一半突然说："同学们等一等，老师有急事。"一路小跑回家，因为突然想起门是否关好。一试，门关得好好的，回来继续给学生上课。上了一会儿，又跑回去了……心理医生给他下的定义是强迫症。不想他在看了《寻找安详》，找到现场感之后，居然好了。再一次冒出来门是否关好的念头时，"发现者"告诉他："关好了。""何以为证？""当时我在现场，因此记得清清楚楚，我甚至都听到了咔的一声。"强迫症的毛病就解决了。

还有位朋友，总是担心自己的身体有问题，常常到医院体检，结果都正常，但他还是担心，平常从他的脸上根本看不到微笑。后来他看了《寻找安详》，找到现场感后，这种担心渐渐没有了，人们从他的脸上能够看到微笑了。他告诉我，之前他做什么事都容易走神，现在能专注了，能从工作中体会到幸福了。

真正的学问是让在现场和喜悦成为一种生命的惯性。甘地讲过一句话："生命的激情恰恰是因为你找到了那个巨大的沉静。"一个自在的人，不用求人。不求人，就没有烦恼。人需要，我就去帮他；人不需要，我就静静地待在这里。人需要，我把这个活儿干得百分之百的圆满；人不需要，我就享受百分之百的自在。

要想非常质感地体会"这一刻"，在日常生活中，就要训练动作的准确性。站在那里，是否端正；行走的时候，是否沉稳；坐在那里，是否端庄；洗脸的时候，能否让盆里的水不溢出来；放器物的时候，能否放得刚刚好，不前不后不左不右不歪不拧；拖地的时候，能否既能沿着墙脚又不碰着墙脚；吃饭的时候，能否不掉饭粒；上卫生间的时候，能否不发出声音。

包括语言的准确性，不多一句，不少一句。一个人闲话太多，是典型的不在现场的表现，说明他的念头根本不在"这一刻"上。

读经典是待在"这一刻"的好办法。比如读诵《了凡四训》，如果今天走神十次，明天减少一次，就接近现场感一步。后天接着来，再少一次，更进一步。最后全部读完，一次神也没有走掉，就走进快乐老家了。走一次神就是一次流浪。现在我前脚迈出去，后脚就收回来，就不会走丢了。

保障性和喜悦

　　为了方便交流，也为了读者好记，我把近些年研习实践传统文化的体会归纳为四句话和大家分享："三习二惯意纷纷，三途二径知道中，三根二本通天地，三警二卫护航程。"

三习二惯意纷纷

"三习二惯意纷纷"，指的是找到安详之前的生命状态。

"三习"指非本质动机、非本质取舍、非本质占有。占有来自取舍，取舍来自动机。人每做一件事情都有一个动机做驱动，当生命有一定的安静之后，会越来越明晰地发现这个动机。《了凡四训》把人的行善，做了细微的区分。通常情况下，人们认为表扬别人是善，批评别人是恶。但是，如果表扬别人的动机是为了自己好，而不是为了对方好，那这种表扬就不是善。通常情况下，打人是恶，不打人是善，但如果今天给了他一记耳光，动机是为了他好，那么打人也不是恶。

在找到本质属性之前，人的念头大多都是自私的。

饭上来了，第一个念头往往是"我先吃"，等到想起"长者先，幼者后"，已经是第二念了；公交车来了，第一个念头往往是"我先上"，等到想起"长者先，幼者后"，已经是第二念了。

古人讲"三思而后行"，就是让人们在行动之前多想想再行动，以免冲动误事。自私的念头最伤人，它伤的是自己的本质属性。细心体会，但凡自私的念头，都是"我"字打头的，它的后面常常跟着一个"要"，"我"和"要"一联手，就把生命的本质绑架了，生命的内涵和外延就被篡改。

找到本质属性之后，动的第一个念头就是正确的了。这也是寻找生命本质状态的价值。圣人动的每一个念头，第一念都是为别人着想的，他的生命就在本质地带。人的痛苦往往来自非本质取舍，因为非本质取舍是一种不平等取舍。不平等，痛苦就来了。人们追求自由的人生，面临的选择多种多样，在生活中常常动取舍心。好的想要，不好的不要。这种取舍心来自习惯，那就是对事物的"分别"。喜欢这个人，不喜欢那个人；喜欢吃这个，不喜欢吃那个。有一句话说："女人衣柜里永远少一件衣服。"就是因为衣服太多了，不知道如何取舍。如果只有一件衣服，就没有这个痛苦了。是取舍心让人痛苦。

自由恋爱之前的婚姻基本都是包办，不给人选择的可能，很多人在红盖头掀起来之前，都不知道对方长什么样。现在有机会可以选择对象了，却总是选不了。谈了九十九次恋爱，第九十九个已经很好了，但仍然想，万一第一百个更好呢？有不少人，就是因为这个原因落了个独身。自由恋爱带来了自主，也带来了痛苦和烦恼，因为有太多的选择摆在人们面前。

要想实现公平，首先要在心中找到公平；要想在心中找到公平，就要消灭取舍心。

非本质动机让人产生非本质取舍，非本质取舍引导人去占有。人总是看到一个好东西就想拿到自己家，看到一个漂亮的女子就想让她做自己的妻子，看到别人享受掌声和鲜花就想自己也拥有。这是一种非本质占有。人的心若能像镜子一样，猫过来照猫，人过来照人，猫和人走后，又归于平静，就没有烦恼了。镜子之所以能照能现，正是因为它什么都不留，它只服务，不索取，来者不拒，去者不留，一切随缘，永远不动取舍心。

对应到生活中，一个人若想要幸福，就要降低取舍心。我原来出门住宾馆都带着床单被罩，可是铺上以后，还是感觉脏都会透过来。如果降低取舍心，认为所有的床单都是干净的，幸福指数就提高了。对一个读《弟子规》的人我就喜欢，对另一个不爱读《弟子规》的人我就不喜欢。这就是烦恼的来源。如果所有的人看上去都像一个人，就没有烦恼了。

在生活中，要尊重所有的文明。如果用面包的文明去要求饼干和点心的文明，不仅永远做不到，只会让自己心里充满痛苦。

人在找到安详之前，一般都活在两种状态中。要么在抱怨，要么在生气，这就是"三习二惯意纷纷"的"二惯"。不在怨中即在气中。为什么会抱怨呢？觉得不公平。别人的妻子怎么那么贤惠，我的妻子怎么这么不贤惠？别人的丈夫怎么那么有出息，我的丈夫怎么这么没出息？只要觉得不公平，就会抱怨，只要抱怨就会生气，生气又加重抱怨，抱怨又加重生气。在恶性循环中度过一生。

造了一百年的林，种了一百年的树，会被生气的一把火烧个精光，之前的努力都付诸东流了。所以，古人把生气叫"火烧功德林"，只要一生气能量就漏完了。生气是走反了方向的能量。当把嫉妒、贪婪、仇恨、抱怨这些负能量心态掉个头，就变成了喜悦、包容这样的正能量心态，对应的，生命能量也提高了。

当年鲁哀公问孔子，他的学生谁的境界最高。孔子说："有颜回者好学，不迁怒，不贰过。"颜回第一是不生气，第二是同样的错误不犯两次。这是高境界的两个最基本的条件，也最难做到。

生气先伤自己，再伤别人，情绪具有极强的传染性。人在生完气之后，手是冰冷的，因为消耗了能量。而人之所以会抱怨生气，是因为有非本质动机，没有认同本我。用古人的说法，就是没能完成从小我到大我，再到无我的转换。强烈物质化认同的人，工厂一破产就会自杀，他认为工厂是自我；强烈身体认同的人，天天惦记着到医院去体检，以身体机能正常为最高目标；强烈情感认同的人，失恋了就会跳楼；强烈道德认同的人，物质可以丢掉，身体也可以丢掉，但还要一个"仁"，别人只要说他不好他就受不了。

只有把物质认同、身体认同、情感认同和道德认同都抛掉，当别人说你好，你快乐，说你不好，你也快乐，也就是孔子讲的"耳顺"。只有到达这个境界，才能接近于无我境界，才能"从心所欲，不逾矩"。一味追求物质享受，就是非本质认同。非本质认同让人产生取舍心，想要，就要去赚、去争、去生产。如果生产成功了、赚到了，就骄傲。如果实现不了，就绝望、恐惧。

佛经上讲子女跟父母有四种缘分，第一种是报恩的，第二种是抱怨的，第三种是还债的，第四种是讨债。报恩来的孩子对父母特别孝敬，真是"亲所好，力为具；亲所恶，谨为去"。抱怨来的孩子把你家毁掉，搞得你家破人亡；还债来的孩子在过去一世欠你的钱现在来还；讨债来的孩子把你欠他的钱花完就走人了。

我后来也用这四种缘分理解朋友圈，一下子就放松了。我曾经掏心掏肺地帮助过别人，后来反而被背叛，当时又是后悔又是抱怨，认为人生再也没有比这更让人生气的了。用四种缘分一对照，你跟他的关系就很清楚，就不抱怨了。你现在杀了我一个回马枪，我抱怨你；我下一个生命片段又杀你一个回马枪，永远没完。

现在不管谁陷害我、伤害我，我都欢欢喜喜接受，让所有的恩怨到此为止，下一个生命片段我要全部的喜悦。如果我现在一个不喜悦的念头都不动，那下一个生命片段播放出来的电影里就不可能有抱怨。

"意纷纷"是指惯性的生命状态。在知止之前，人是没有定性的，没有定性，生命就被雪花一样纷飞的杂念作主。动了一个麻辣烫的念，就到了麻辣烫摊上；动了一个打麻将的念，就到了麻将桌上；动了一个喝酒的念，就到了酒馆里。

要想从"三习二惯"的生命状态中出来，就要从"意纷纷"的状态回到定的状态、静的状态。那么定和静怎么得到呢？遵守规则。家训也好，学生守则也好，国家法律也好，都是规则。通过这些规则，让纷乱的心有一个依靠。平常在念头的河里随波逐流，读经典的时候，通过经典，让自己暂且上岸。

如果有足够的智慧，通过识破念头的欺骗性就可以把生命从非本质状态带到本质状态。抽烟是因为动了一个想抽烟的念头，打麻将是因为动了一个想打麻将的念头，当认识到一切都是念头在后面撺掇时，欲望就会降下来许多。这就像一个人一旦认识到那位对自己爱得要死要活的女子，原来是冲着自己的钱来而非真情时，就会从中抽身一样。

念头起自欲望的惯性，欲望带有强烈的欺骗性。就像美食，舌头尝到的已经不是食物的本味了，而是调料。有谁把羊肉一刀割下一块就生吃呢？没有。人们说，这个羊肉好吃，这个鱼好吃，是鱼和羊肉好吃吗？非也。

是那个调料好吃，换句话说，是那个欺骗高明。

当你有一天发现，抽烟是一个欺骗，喝酒是一个欺骗，打麻将是一个欺骗的时候，就会大呼一声"冤枉"。然后生命就会从非本质状态回到本质状态。

就这么一个转向，生命的奇迹就会发生。

三途二径知道中

　　"三途二径知道中"，是体验幸福的绝佳途径。

　　第一途，读经典。经典是找到了根本光明的人关于根本光明的描述，是已经站在山顶的人关于登山的描述。经典是一条回家的路，是点亮了心灯的人给我们留下的一盏盏灯。读经典要成为定课。人是一天都不可以离开经典的，就像一天都不可以离开大米和水一样。因为经典是心灵最好的粮食。身体一天不吃饭就会饿，灵魂一天不读经典也会饿，只不过人们感觉不到。现在都喂养这个身体，却常常忘记了喂养灵魂。读经典就是给灵魂吃饭，那要比进按摩院的效果好，既按摩身也按摩心。

　　早晨读一遍，提醒自己一天怎么度过。比如《弟子规》一百一十三件事今天怎么落实。晚上读一遍，对照一下，哪些做到了，哪些没做到，有空就读。《弟子规》出自《论语》，但它比《论语》好操作。一百一十三件事，拿过来就可以照着做。除此之外，还有《了凡四训》。《弟子规》让人这样做，《了凡四训》告诉人们为什么这样做。先把这两部搞熟搞懂，你就会初步给生命找到方向，找到可操作的方法。当读经典已经变成生活习惯时，再读"四书五经"……对世界的认识就越来越通透了。但首先要把基础吃透，就像小孩子得先学会走路，才能跑。

阅读，事实上是在动念。你读了句"人生自古谁无死，留取丹心照汗青"，事实上是动了一个"人生自古谁无死，留取丹心照汗青"的念；读了一句"他人是地狱"，事实上是动了一个"他人是地狱"的念。同样的一个念，能量不一样。"全心全意为人民服务"是一个念，"全心全意为自己服务"也是一个念。它是两种不同的念头。两种不同的念头就是两种不同的能量。两种不同的能量，决定着两种不同的人生命运。

前文已述，经典是高能量生命的投影，因此也是高能量载体。既然是高能量载体，每天诵读，自然就会提高诵读者的生命能量，生命能量提高了，命运也就改变了。这一点，已经在"寻找安详小课堂"得到证实。

诵读经典的能量不但可以让本人受益，还可以"转移支付"。我曾在一位朋友身上做过一个实验。他的孩子在上高三的时候精神分裂，用尽一切医疗手段都没有效果，他们夫妻只好轮流看护。知道这个情况后，我给他推荐了一部经典，让他每天去读，以此祝福孩子，看有没有效果。他就带着试试看的态度，开始读起来。不想效果非常明显，孩子一天天好转，最后自己提出返校复读，还以高出当地重点分数线七十多分的成绩被一所著名高校录取。这件事让我对读经典的现实意义有了新的认识，对能量的转移使用也有了新的认识。

经典怎么读呢？用直觉读，不用解读，不考虑意思，把文字读准、字句读顺。用直觉读，用的是来自天地的通性能量。标准是很舒服很喜悦，嘴里有甜甜的唾液产生，就读对了。所以，古人说"腹有诗书气自华"，这个书就是经典，高能量的书。如果读对了，都不愿意停下来，如果读到中间，觉得怎么还没完呢？不停地看页码，肯定是方式错了。没有读出享受来，赶快调整方法。终有一天，会读到那种享受，身体有一种通畅通泰的感觉。有人讲经典的"经"就是经络的"经"，读经典就在打开经络。现在都知道用外在的方式锻炼身体，却忽略了读经典带来的心灵滋养。

要抓住一部经典读到底，不要换。如果常常换，就是动了换的心，换的心是乱的心。在一个地方咚咚咚准备打一眼井，没水，换个地方咚咚咚，最后遍地全是井口，却没有一眼井出水。抓住一部自己最喜欢的，读到底。最后一通百通，一条道才能爬到山顶去。如果前山爬一爬，觉得可能后山近，又跑到后山爬一爬，觉得还是前山近，换来换去，永远到不了山顶。

读经典还有一个作用：练习回家。读到"对饮食，勿拣择"时，虽然眼睛在看嘴在读，人已经跑到餐厅里去了。等回来，发现两页已经过去了，怎么过去的？不记得了。这就是一次流浪。读到"抱怨短，报恩长"，想到那个人当年怎么陷害"我"的，将来要怎么报复他，这一想，又流浪了。由此可知，平时生命是一种什么状态，真是流浪又流浪，没有完结。读一部经典的过程，其实就是过一辈子人的过程。

一部经典读下来，走丢了无数次，就白读了。如果一部《了凡四训》读下来，一次都没走丢，那要恭喜你，你已经在快乐老家了。

经典是一面镜子，也是检测仪，看我们现在回家的能力到什么程度。没有经典就检查不出来，一读经典就知道，心是很静还是乱得一塌糊涂。

当一个人带着恭敬心、感恩心去读经典的时候，会发现感觉不一样。与其花时间读一千本没有经过时间检验的书，还不如把一部经典读一千遍。读一千遍经典，相当于接受一千次圣人对我们的祝福。圣人是高能量的生命状态，读一次经典就像给自己充了一次电一样。

许多人将《弟子规》背得滚瓜烂熟，但如果不去一条一条落实，就不能成为自己的能量。如果依教奉行，积少成多，最后就能成为生命超越性能量。在山脚下徘徊的人没办法理解"一览众山小"的感叹。我们要想理解"一览众山小"，必须靠着经典的阶梯，登到山顶。

经典的诵读教学，一定要落到一个逻辑关系上，就是把人们引到谦德之上。背诵经典，并不是为了去表演，这样只会越来越傲慢，觉得自己高人一等，连身边的人都看不起了。花只要一开就会凋谢，月只要一圆就会转缺。

第二途，写反省日记。就是把自己一天的所思、所想、所为用流水账的方式记录下来。有人在写反省日记时发现，有一段时间自己干了什么记不起来了，那一刻肯定不在现场。反省日记就是对白天生活质量的打分，是生命现场感程度的检测。为了晚上能写好反省日记，你白天就要好好过。

反省日记可以养成反省力、提高反省力。通过写反省日记，养成一个习惯，每天晚上把白天做的一切回忆一遍。时间长了就变成跟踪力，它是一个无比重要的生命能力。跟踪自己的念头，跟踪自己的行为。如果时时刻刻能跟踪自己的念头，就不会犯那些"冒天下之大不韪"的错误。官员如果有过写反省日记的训练，当接红包的手要过去的时候，马上反省到了，就会收回来。一个人时时有反省的训练，他在对待感情的时候就会慎重，恶言恶语就不会出口。

反省日记还可以提高幸福指数。不少人都有过这样的经历：曾经在箱底藏着一封信，过一段时间拿出来看一下，幸福一次；过一段时间再拿出来看一下，再幸福一次。幸福有时候就是一个复习。复习一下当年的幸福，把那些话再读一遍，心再跳一次。如果我们幸福了一天，再写一遍反省日记，就幸福了两次。

反省日记还可以作为家训传至后代。当你想象到自己的这一部反省日记，将来子孙后代会看，就会变着花样去做好事。只有做出来，才有资格写。你就会带着创意去生活。

反省日记不在字数多少，也不在文学水平有多高，在于每天写。今天的言行中，高能量的哪几件，低能量的哪几件，本质层面上的哪几件，非本质层面上的哪几件。晚上结算时，看看自己的人生账户上是进项多，还是出项多。当进项越来越多的时候，一个人也就真正踏上了凡之路了。

中华民族是一个注重反省的民族。中国有着太多的家谱家训就是供子孙后代作为反省的镜子用的。过去家家有家谱，现在几乎都没了，不少人成了没家谱的人，做起事来也就没谱、没章法。一个家没有家训，就没有家风，家族的船不知道开向哪里，肯定走不远。

树立家风比给孩子存银存金更重要。给孩子留下太多的财富，往往会让孩子失去奋斗的动力，一些孩子会拿它吃喝嫖赌，反而害了他。如果家长把反省日记留给他，告诉他提升能量的秘密，让他自己去奋斗，那才是对孩子莫大的关怀。

第三途，改过。古人讲："人非圣贤，孰能无过？过而能改，善莫大焉。"说明改过是最大的善，如果不改过，积善无法完成。就像一个有漏洞的面缸，再怎么往里装面粉，也是盛不满的。如果不改过，智慧无法出现。就像一个被油污遮蔽的灯泡，只有除尽油污，才能透出光来。生命就是一个不断被污染的过程，反污染应该成为人们的日课。就像灰尘落在桌子上，不擦，就会越来越脏了。

为此，《了凡四训》讲："今欲获福而远祸，未论行善，先须改过。"当人生方向错误的时候，停止人生错误的脚步，就是进步。

有的人改过，改之前觉得没有过错，改之后却越改越多。其实是未改之前，已经有太多的过了，因为心没变灵，发现不了。通过改过，心越来越灵了，就能发现它了。就像一个暗屋子，你看不见有灰尘，一束光打进来，才看见那么多灰尘。发现错误多了，恰恰是心有能量，心变灵了。一束光打进生命中，就能看清自己有多少次跑丢了，多少次回到了快乐老家。

帮助别人的时候，内心产生一种喜悦的感觉，那就是能量，那就是面缸里的面粉。做一件多一份能量，做一件多一勺面粉。所以，要不断地助人。《了凡四训》"积善之方"中举的许多例子，证明了这一点。真是"积善之家，必有余庆"。这个"庆"，就是能量。

只行善不改过，生命能量的面缸就一定有漏洞；只行善不改过，生命能量的面缸就会落上灰尘。每个人在刚"出厂"的时候都一模一样，跟圣人也一样。老子和孔子为万人敬仰，而我们却不能，因为我们被污染了。别人已经看不到我们刚"出厂"时的样子了，只有改过，才能洗去泥垢。

改过最终要从念头上改。如果不换底片，要想把电影换过来是不可能的。《了凡四训》里面讲："务要日日知非，日日改过；一日不知非，即一日安于自是；一日无过可改，即一日无步可进。"生命的意义，从某种程度上来讲就是改过。改过本身就是回家。

改过要从说"我错了"开始，从当下开始。这一刻有不好的念头，当下发现了，当下改正。当天的事情当天了结，不要留着明天再去反省，再去向别人道歉。忏悔的目的是让人养成一个改过的心，养成改过的习惯和能力。当人把说"我错了"变成习惯的时候，哪里有什么纠纷和矛盾呢？

但通常情况下，人们是不容易认识什么是错误的念头的。下面摘录《云谷禅师授袁了凡功过格》，供读者参照。一定意义上，它正是祖先们的集体约定，现在仍然是重要的"民间法"，对照此"民间法"，就比较容易理解那些高能量的大家族是如何诞生的，知道那些高能量生命是如何成就的，更加实实在在地感受到古人是如何鉴定念头的，就会对改过的重要性有新的理解。

功

准百功：

救免一人死。完一妇女节。阻人不溺一子女。为人延一嗣。

准五十功：

免堕一胎。当欲染境，守正不染。收养一无倚。葬一无主骸骨。救免一人流离。救免一人军徒重罪。自一人冤。发一言利及百姓。

准三十功：

施一葬地与无土之家。化一为非者改行。度一受戒弟子。完聚一人夫妇。收养一无主遗弃门孩。成就一人德业。

准十功：

荐引一有德人。除一人害。编纂一切众经法。以方术治一人重病。发至德之言。有财势可使而不使。善遗妾婢。救一有力报人之畜命。

准五功：

劝患一人讼。传人一保益性命事。编纂一保益性命经法。以方术救一人轻疾。劝止传播人恶。供养一贤善人。祈福禳灾等，但许善愿不杀生。救一无力报人之畜命。

准三功：

受一横不嗔。任一谤不辩。受一逆耳言。免一应责人。劝养蚕、渔人、猎人、屠人等改业。葬一自死畜类。

准一功：

赞一人善。掩一人恶。劝息一人争。阻人一非为事。济一人饥。留无归人一宿。救一人寒。施药一服。施行劝济人书文。诵经一卷。礼忏百拜。诵佛号千声。讲演善法。谕及十人。兴事利及十人。拾得遗字一千。饭一僧。护持僧众一人。不拒乞人。接济人畜一时疲顿。见人有忧，善为解慰。肉食人持斋一日。见杀不食。闻杀不食。为己杀不食。葬一自死禽类。放一生。救一细微湿化之属命。作功果荐沉魂。散钱粟衣帛济人。饶人债负。还人遗物。不义之财不取。代人完纳债负。让地让产。劝人出财作种种功德。不负寄托财物。建仓平粜、修造路桥、疏河掘井、修置三宝寺院、造三宝尊像及施香烛灯油等物，施茶水、舍棺木一切方便等事。自"作功果"以下，俱以百钱为一功。

过

准百过：

致一人死。失一妇女节。赞人溺一子女。绝一人嗣。

准五十过：

堕一胎。破一人婚。抛一人骸。谋人妻女。致一人流离。致一人军徒重罪。教人不忠不孝大恶等事。发一言害及百姓。

准三十过：

造谤污陷一人。摘发一人阴私与行止事。唆一人讼。毁一人戒行。反背师长。抵触父兄。离间人骨肉。荒年积囤五谷不

粜生索。

准十过：

排摈一有德人。荐用一匪人。平人一冢。凌孤

逼寡。受畜一失节妇。畜一杀众生具。恶语向尊亲、师长、良儒。修合害人毒药。非法用刑。毁坏一切正法经典。诵经时，心中杂想恶事。以外道邪法授人。发损德之言。杀一有力报人之畜命。

准五过：

讪谤一切正法经典。见一冤可白不白。遇一病求救不救。阻绝一道路桥梁。编纂一伤化词传。造一浑名歌谣。恶口犯平交。杀一无力报人之畜命。非法烹炮生物。使受极苦。

准三过：

嗔一逆耳言。乖一尊卑次。责一不应责人，播一人恶。两舌离间一人。欺诳一无识。毁人成功。见人有忧，心生畅快。见人失利、失名，心生欢喜。见人富贵，愿他贫贱。失意辄怨天尤人。分外营求。

准一过：

没一人善。唆一人斗。心中暗举恶意害人。助人为非一事。见人盗细物不阻。见人忧惊不慰。役人、畜，不怜疲顿。不告人取人一针一草。遗弃字纸。暴弃五谷天物。负一约。醉犯一人。见一人饥寒不救济。诵经差漏一字句。僧人乞食不与。拒一乞人。

食酒肉五辛。诵经登三宝地。服一非法服。食一报人之畜等肉。杀一细微湿化属命以及覆巢破卵等事。背众受利，伤用他钱。负贷。负遗。负寄托财物。因公恃势乞索、巧索，取人一切财物。废坏三宝尊像以及殿宇、器用等物。斗秤等小出大入。贩卖屠刀、渔网等物。自"背众受利"以下，俱以百钱为一过。

"二径"就是看别人优点，找自己缺点。当时时刻刻都看别人优点的时候，焦虑就没有了。人们之所以会生气、会抱怨，一味指责别人，一定是看到了对方的缺点。看优点的最大好处是不生气、不焦虑、不痛苦。

看别人优点，就像蜜蜂造蜜一样，去采每一朵花上的精华。

看到了优点，还需要表扬别人的优点。不单是小孩子需要表扬，父母也需要表扬，领导也需要表扬，都需要你看到优点。我母亲每次把饭做好，我说真好吃啊，她就一脸的灿烂。我父亲不喜欢散步，有一天他走了一圈。我说，爸，你走路腰板还这么直，脚步还这么稳。第二天他就走了两圈。

夫妻之间也要这样。我们之所以在结婚之前觉得甜蜜，因为结婚之前大家都在看对方的优点。夫妻双方要学会鼓励对方，表扬对方。即便妻子脸上多了皱纹，你也要说，这才更有成熟女人的味道。即便丈夫两鬓添了白发，你也要说，这才更有男人味儿。就是变着法子赞美对方。

《了凡四训》讲："见人有微长可取，小善可录，幡然舍己而从之，且为艳称而广述之。"什么意思？看到人有优点，讲一百遍一千遍一万遍。看人优点，止怨生福。当明白了正念产生正能量，就会明白看别人优点就是吸收正能量，因为看人优点是动了一个"优点"的念。人们之所以活得不开心，正是因为常常看人缺点。而一个常常看别人缺点的人，自然就会抱怨、生气、吵架，就会动手，战争就是这么发生的。

因此，要训练从任何人身上看到优点，哪怕是不喜欢的人。包括对这个社会，也要多看优点，多表扬、少批评，因为优点会点燃优点，缺点会引发缺点，优点会引发祝福，缺点会引发抱怨。而祝福提高生命能量，抱怨降低生命能量。

"知道中"就是时刻体会现场感。在三维空间，时间是个常量。正因为时间是常量，才会有生老病死之苦、生离死别之痛。如何超越这些痛苦，在我看来，就是回到现场。超越了三维，时间成为变量，可以重叠，"过去"就是"未来"，"未来"就是"过去"，自然就是"过去心不可得，现在心不可得，未来心不可得"；超越了三维，空间成为变量，可以折叠，"东方"就是"西方"，"西方"就是"东方"，"大"就是"小"，"小"就是"大"，自然就是"须弥藏芥子，芥子纳须弥"。但不管空间如何折叠，时间如何重叠，都离不开"这一刻"，离不开由"这一刻"组成的"现场"，换句话说，即使空间折叠、时间重叠，它也要折叠在一个"点"，重叠在一个"点"，这个"点"，就是"这一刻"，就是现场。也就是说，过去、现在、未来共存于当下一念。现代物理全像理论，也支持这一观点。

可见，活在现场是穿越多维的公共通道，也是回到第一投影源的公共通道。

"知道中"体现在生活中，就是明明白白地生活，知道自己在吃，知道自己在穿，知道自己在走路，知道自己在工作。

没有"知道中"，就没有前面的一切。"现场步"是训练"知道中"很好的方法。什么是"现场步"呢？

走路时脚抬起来、移动、落下来、触到地面，每一个环节甚至每一刻都要明明白白，都要在"知道"当中。这样做得好处，就是把所有"知道"都连成线，由点连成线的时候，你的生命能量就没有漏洞了。

一个人是否在"知道中"，有如下几个标志：一是当下感。能够随时回到当下。二是喜悦感。觉得生命中时时都有一种喜悦感，也就是焦虑感消失了。三是享受感。觉得时时事事都在享受。这才发现，快乐就在"现场"，就是"现场"的一种"感"。四是同味感。如果找到"知道中"，就会发现这个世界上还有一种不是甜却又在甜中、不是辣却又在辣中、不是苦却又在苦中的味，这个味，就是"无味之味"，它事实上是一种更重要的味。

一个人能时时刻刻都在明白当中，全神贯注，每一刻当家作主，那么他的电影就是一个明明白白的电影。能时时刻刻在"知道中"，就知道幸福；能时时刻刻在"知道中"，就知道回家的路；能时时刻刻在"知道中"，就能知道自己在哪里走丢的；能时时刻刻在"知道中"，就能把无数走丢的人带回家。

自己"知道"了，才可以说爱别人。如果自己都在做梦，怎么去把梦中的人叫醒呢？做人的意义就是做一个明白人。只有明明白白，才有正大光明可言，"知道"就是生命的光明。

　　只要有"知道"这个手电筒在，我们就不会走夜路。只有"知道"，时时刻刻能"知道"，才能给自己当家作主，生命才会处在一种自在境界，就像从冰的状态到达水的状态，到达汽的状态，汽可以在宇宙中遨游，这才叫作真自由。

三根二本通天地

"三根"是孝敬老人的"孝"，尊敬老师的"敬"，珍惜粮食的"惜"。"二本"呢？感恩心、敬畏心。有了"三根二本"，才能通达天地。

孝、敬、惜，是天地精神的演绎。如果能够跟天地精神同频共振，那么天地所拥有的财富、能量、生命力，我们也就拥有了。天地精神是一个母系统，孝、敬、惜是此母系统中三个最重要的子系统。从能量的角度讲，它们是三条最重要的能量通道，或者说它们本身就是三种最重要的能量。

关于孝，前面已经专章论述，这里重点讨论一下敬和惜。

"敬"由"苟"（音jì）"攵"组成，"攵"由"支"

（音 pū）字演化而来。《说文解字》认为，"苟"字为"自我告诫、自我反省"之意，"攴"为"以手执杖或执鞭"，引申为"敲打"，二者相合，会意为"端肃、认真、自我谨慎修持"。换句话说，敬是一种维护性能量。如果一个人心存敬意，就能得到这种力量的支持。

祖先们留下来的许多传统节日，一大半都是表达感恩和敬畏的。因为只有感恩和敬畏才能与天地同频，才能实现天人合一，所谓"与天地合其德，与日月合其明，与四时合其序，与鬼神合其吉凶"。没有敬畏感，这些都合不上了，合不上，人就无法得到天地、日月、四时、鬼神频道的能量。人类自从进入工业时代以来，随着技术的发展，渐渐萌生了征服世界的野心，疯狂开采，疯狂生产，疯狂消费，结果呢？大家都看到了。

历史和现实都证明，人们只有心怀对"天地君亲师"的恭敬，才能吉祥如意。

恭敬教育要从珍重生命开始。我常常给青少年讲，人生有两个不可再生资源不能轻易开发：一个是初恋，一个是初夜，因为它们是生命能量的两个重要关口。一旦青少年意识到它们是极为重要的能量节点，自然会慎重对待。初恋前，人的能量无漏，初恋后，就开始漏了。

这件事非常难以控制，但家长和老师保护得好，引导得好，让孩子少接受污染源诱导源，可以延后，即使延后一年，对孩子都非常关键。

重点说初夜，一定要先拜高堂，再进洞房。现在有很多人结婚不愿意举办仪式，也有很多人选择婚前同居。基于各种现实的原因考虑，还有一些年轻人选择旅游结婚。其实，这是忽视了一个问题，即夫妻双方对对方的正式承认的过程。婚礼节俭值得提倡，但婚礼庄严仪式对于夫妻双方责任感的确认更为重要，如果我们深入到能量角度考量，就会更加感受到婚礼的价值。

仪式是能量的通道，一定意义上讲，它本身就是能量。

先说拜天地。人是天地之子，没有天地厚赐，生命无法生存。保障生命的大地、水、火、空气、粮食、时间、空间等等，都是天地所赐，没有这些天地恩情，爱人就无法长成。现在，天地把一个用无限恩情和缘分养成的生命送到我们面前，我们居然没有正式向天地行个大礼，如此，来自天地之间的一份能量就关闭了。没有得到天地祝福的婚姻，是很难幸福的。

再说拜高堂。生命是家族的延续，结婚是传家的站点，两个长长的家族链条，要在两个新人身上展开新的画卷，有多少位祖先在看着，在盼着，可是，我们要合二为一了，却没有给祖先打声招呼，祖先会高兴吗？心理学已经证明，人的潜意识是永恒的，既然潜意识是永恒的，那么祖先的潜意识就在，祖先的潜意识在，就一定盼着一对后人从他们手里接过祖辈们代代相传的衣钵和旗号，那是生命接力不可或缺的庄严仪式，也是传家系统工程中不可或缺的庄严环节，可是，我们却忽略了这一传钵授旗仪式，祖先能高兴吗？据说每年黄帝公祭，天气都会晴好，有时天气预报有大雨，到公祭时却会晴空万里。2015年清明公祭，我在现场见证了这一点。这让我实实在在地感受到祝福的力量。现在，我们却放弃或拒绝这种力量，不是有些太遗憾了吗？

继说夫妻互拜。不要小看这一拜，它是对缘分的谢仪，是对恩情的谢仪，是对对方长长的过去时积累的能量和缘分的谢仪，说穿了，是对人的来处的谢仪。这一切，都是能量。当我们这一拜下去，这些能量都接通了，都正式签署命令，归我们调用了，可是我们却将它省略了，实在是一个很大的遗憾。这些年，我也做过一些调查，但凡省略了这个环节的婚姻，无论是长度还是幸福度，都是打折扣的。

问题就来了，不少人说，我已经颠倒次序了，怎么办？要向祖先，向相关人，包括向自己的本体，做真诚的忏悔，可以从一定程度上找回来一部分生命能量。这一点，也已经被心理治疗成功应用。《弟子规》讲："无心非，名为错。有心非，名为恶。"

不只夫妻间如此，对待一切我们都要敬。《弟子规》里甚至说："墨磨偏，心不端。字不敬，心先病。"因为你在敬的同时，看上去是对书本的一种姿态，事实上是通过这个姿态，动了一个恭敬的念头。恭敬的念头一动，潜伏在生命深处的根性能量就被激活，生命由此获得了一份来自源头的力量。恭敬本身是能量，因为它是一种面向根性的姿态，有种反身而诚的味道，也有种靠近生命零极限的味道。而心理学研究成果已经证明，零极限里潜藏着生命最圆满的能量，它是整体宇宙和个体宇宙的全息接口。《礼记》开篇就讲"毋不敬"，说明古人早就发现了这个秘密。

现代科学也证明，低维世界的事物是高维世界的投影，经典也不例外，它有一个高维投影源，因此，当怀着恭敬读诵经典时，就可以借之触碰到那个高维，获得从高维投射过来的巨大能量。所以，古人才说，经典所在之处，就是圣人所在之处。

书法美术作品也是如此，如果书写者本人生命能量很强，其作品本身能量就高。以前，小孩子哭，家人求秀才写一句经典中的话，贴在墙上，小孩子往往就不哭了。有些有修持的秀才，即使不写经典中的话，只签上他的名字，也有作用，是同样的道理。如此说来，家里挂什么画，摆什么艺术品，也就不是一件平常的事情了。

看过书法家徐晓玲的一篇文章，说她在抄写经典时，越写人越精神，而写别的内容，不多时就累了。这一点，也被中国书协副主席吴善璋先生证实，他说，书法的最高境界应该是表达生命灵性，调动生命灵性。表达生命灵性的载体和表达非灵性的载体，投射给受众的能量是不同的。正如李叔同先生晚年的墨宝，虽然朴素简约到极致，却有一种让人一下子静下来的力量。

要想恢复人们的敬畏感，要首先恢复师道尊严。

自古以来，但凡大成就者，无不敬师。七十二贤对孔子的敬，就是典范。韩美林先生之所以能够成为工艺美术大师，是和他的敬师不无关系的。据他的老师黄苗子讲，韩美林因冠心病住院，他到医院看望，不想一进病房，韩美林竟拔掉输液管，翻身下床跪地叩头，把他和医生、护士都吓坏了。

再说"惜"。每一个珍惜的念头都连着一份能量。生命能量如面缸里的面粉，既需要装进去，又需要堵上漏洞。一个人有珍惜的心，说明他心的面缸下面没有漏洞。无漏的缸里装的就是无漏的幸福和快乐，古人称之为"无漏之乐"。古人讲惜福，惜的就是生命能量，他们深知，但凡节约下来的能量，都会变成他们的五福。现在，国家倡导"光盘行动"，一方面省下了巨大的财富，同时也保护了中华民族的集体能量，提高了中华民族的集体生命力。

我现在到学校讲课，常常给同学们讲，如果你昨天花了一百元钱，今天变成五十，意味着你的寿命可能增长一倍；如果你昨天用了两个剂量的水，今天用了一个剂量的，意味着你的寿命可能增长一倍；如果你昨天倒掉了一半饭菜，今天没有倒掉，意味着你的寿命可能增长一倍。听老师们反馈，效果很好。

克服欲望本身就是惜福。福惜下来，就会变成生命能量，变成人的长寿、富贵、康宁、好德、善终。明白这个道理的人，他们会尽可能控制生活用度，有些人甚至把饭量减少到一半。著名实业家李嘉诚把左宗棠的名句"发上等愿，结中等缘，享下等福；择高处立，就平处坐，向宽处行"作为自己的座右铭，就是这个道理。

我看过一本书，说有一位日本青年中岛光藏，为了学习雕刻佛像，去拜日本优秀的雕刻家高村东云为师。高村东云只叫他到井边学习汲水，再没有对他说什么话。中岛光藏就到井边汲水。不想高村东云看到他汲水的动作，破口大骂，让他滚回去。其余的弟子看到中岛光藏可怜的样子，就留他住宿一夜。半夜时，中岛光藏被人叫醒，带去见高村东云，不想高村东云温和地对他说："你大概不知道我骂你的原因吧，现在我解释给你听，佛像是神圣的，雕刻佛像的人绝不能没有一颗虔诚高尚的心。虽然水不怎么值钱，可是珍惜的心值钱。我看你汲水的时候，水泼到地上，你都毫不在意。一个糟蹋了东西而没有丝毫反省的人，怎能刻佛像呢？"听完这番话，中岛光藏深受感动，痛改前非。高村东云看他还是可造之才，准许他投入门下。中岛光藏随之学习，后来成为有名的雕刻家。

可见，要成就大事业，一定要有一颗珍惜的心。感恩心、敬畏心、珍惜心，是一个人最重要的三种能量。一个人如果缺了孝、缺了敬、缺了惜，就缺少了在社会中立足的根本，要成功很难，要健康也很难，要幸福更难。如果我们把人生视为一个大鼎，孝、敬、惜就是三足。只有做到孝、敬、惜，才能把这个大鼎立起来。

孔子讲："吾欲仁，斯仁至矣。"只要你想要，你今天就可以做到，你这一刻就可以做到。为啥？念头一换就在这里，一切都在念头里。如何换？把"我要"的念头变成"我给"。孝敬老人是"我给"，尊敬老师也是"我给"，珍惜粮食也是"我给"，对爱人好也是"我给"，对国家好也是"我给"。

我们家每餐前都要念一段话："感恩天地，感恩祖先，感恩国家，感恩父母，感恩老师，感恩农民，感恩社会，感恩食物，感恩做饭的人。"之后才吃饭。粮食牺牲了它的生命，来保障我们的生命，我们怎么连声谢谢都不说呢？这样的念诵对孩子就是一种教育。宇宙间的规则是对等奉献，如果享用着人家牺牲生命提供的营养，却没有做出对应的奉献，就在欠账。大米来到人的生命中，是在演绎天地精神，我们食用它，就要向它学习，践行天地精神，这才对等，而对等是吉祥如意的大前提。

惜缘的道理看起来很深，做起来其实没有那么难。在工作岗位上，动了一个尽善尽美的念头，动了一个敬业的念头，也就动了一个惜缘的念头。有了这个念头，就会指示自己做到真正的尽善尽美。这跟一个居于高位上的人在他的岗位上，动了一个敬业的念头、惜缘的念头，从心的收获上来说是一样的。

三警二卫护航程

"三警"说的是爱国、爱岗、爱自己。

在岗尽力把工作做好，做合格的员工、合格的领导，你就爱国了；在家尽力把本分做好，做合格的爸爸、合格的妈妈、合格的妻子、合格的丈夫、合格的儿女，做到这些，就在爱国；爱岗体现在爱自己上。爱己的目的是爱岗爱国。要想爱己就要爱护我们的身心。要想爱护我们的身体，首先要爱护自己的心，因为一个人的心是自己的核心价值体系。核心价值体系出了问题，能量系统、物质系统也好不了。爱己最终要落在保持高能量的念头上。

最后一切要落在爱自己上。儒家给我们开出来的药方是："古之欲明明德于天下者，先治其国。欲治其国者，先齐其家。欲齐其家者，先修其身。欲修其身者，先正其心。欲正其心者，先诚其意。欲诚其意者，先致其知。致知在格物。物格而后知至，知至而后意诚，意诚而后心正，心正而后身修，身修而后家齐，家齐而后国治，国治而后天下平。"如果不修身，想齐家、治国、平天下是不可能的。而要想修身，就要先格物。格物什么意思？不要做物质的奴隶，不要被金钱、房子、车子绑架，不要被权力、荣誉绑架。

爱国体现在爱岗上，爱岗体现在爱自己上，而爱自己最具体的方法是"起居有常，食饮有节，不妄作劳"。

爱自己要落实在爱本性上，让本性不受污染，那就要时时刻刻捍卫这个本性，做错事要对本性说"我错了"。如果一个人天天都与家人闹矛盾，怎么爱国？一个人都回不到现场，事都常常做错，怎么去爱国？可见"三途二径知道中"，也是爱国敬业的前提。

从这个意义上，孝敬父母、夫妻和气，就是爱国。

"二卫"的第一卫是"礼"。礼就是秩序，秩序是逻辑。对应在生活当中，就是"我的电影我拍摄，我的命运我作主"。这是生命的逻辑关系。

第二卫是"谦"。关于谦德，前文已经论述。这里从小孩教育和执行力的角度再赘述几句。一个孩子如果有了谦德，就会成功不败。教给孩子谦德，是做家长和老师的第一义务。有许多孩子特别有才，但往往不能成功，都是因为骄傲。恰恰一些当年学习一般的孩子，却干成大事业，因为有谦德。《了凡四训》第四部分"谦德之效"用大量的事例告诉我们，"唯谦受福"，只有谦德才能给我们带来福气。

现在有许多家长，让自己的孩子背经典、学传统文化，但如果一个孩子因为背经典学传统文化骄傲了，还不如不学。背经典只是一种形式，检测孩子背对了，学对了与否，看他是不是变谦虚了。而是否变谦虚了可依据"三根二本"来衡量：是不是更孝敬父母了，是不是更尊敬老师了？是不是更节约粮食资源了？是不是更有感恩心了？是不是更有敬畏心了？老子曰："上士闻道，勤而行之；中士闻道，若存若亡；下士闻道，大笑之。"传统文化的学习践行要落实在六个字上，那就是"老实、听话、真干"。在宇宙逻辑、宇宙原理面前，我们是它其中的一分子，如果不老实，就被它清零了。只有合它的频道，才能心想事成。心想事成是宇宙法则，只有进入这个频道，才能获得。为什么要听话呢？有句老话叫作"不听老人言，吃亏在眼前"，"老人言"是经过时间检验的，是摔过无数次跤总结出来的。所以要听祖先的话，听父母的话，听老师的话，听经典的话。

如果你学了这么多，不真干，那只是热闹了一番，最后自己什么都没有改变。想要体验到幸福，就要靠真干来变成自己的生命力，变成自己的能量。真干从改过开始，从这一刻开始。这一刻动了个不好的念头，马上改；这一刻做了一个不良的动作，赶快改。从现在做，不要等明天。要给孩子做一个真干的榜样，给员工做一个真干的榜样。这样的话，我们才能获得宇宙心想事成法则给我们的馈赠，抵达吉祥如意的彼岸。

一定意义上，传统文化可以简化为一句话、一个念头、一个字。一句话："我的电影我拍摄，我的命运我作主。"一个念头："我错了。"一个字："谦。"检验一个人是否学对了，"谦"是最重要的标准。

后记　如何从传统文化中受益

如何从传统文化和安详中真正受益，我有一些切身体会，兹分述如下。

必须知行合一。中华文化是力行文化，尤其强调知行合一。只有一边践行、一边领会，才能体味其中真味。如果不践行，只是研究，得不到利益。如果不践行，还以传统文化从事者的名义，享传统文化的福，不但没有利益，可能还有灾祸。

古人讲，讲道不行道，是最大的恶人。恶就恶在败坏了道的名声，让人们误会了道。在给大型纪录片《记住乡愁》做文字统筹的过程中，我实实在在地看到，但凡名门望族之所以成为名门望族，正是因为族人们在集体行道。这一点，无比关键。

　　几年的志愿者经历也让我深深体会到这一点。曾经的我也热爱中华文化，弘扬中华文化，却没有从中体会到永恒性快乐，也没有给我带来命运的切实改变。区别在哪里？前些年我是把中华文化作为知识作为谈资来学、来研究的，没有一一对照力行，没有变成自己的生活方式。

　　如果文化不能成为人的生活方式，只是一些记问之学，世智辩聪，不但对现实不能产生积极作用，甚至还有反作用，那就是长浮华、长傲慢。明清之后，传统文化之所以被人抛弃，我认为主要原因之一就是读书人多空谈，多以此作为科举之梯，没有以此修身齐家，没有落在细行上，给传统文化抹了黑，让人们把错误怪罪在先人身上，连累传统文化差点受灭顶之灾。

　　当一个人真把传统文化变成生活方式，一定会变得谦虚、敬畏、感恩、节俭、利他、奉献、喜悦、平常、看得破、放得下、荣辱不惊、去留无意、只问耕耘、不问收获。心里的抱怨、嫉妒、傲慢、贪婪、自私会越来越少，会活得越来越放松、轻松、自在、超脱，会敬业却不争，会爱人却不执着。

　　这是一个标尺，让我们甄别学人和行人。

社会主义核心价值观一定要落细、落小、落实？正是看到了这一点。如何落细、落小、落实，我个人认为，必须先从常识做起，先从培根做起。和大家的交流中，我之所以推荐一定要从《弟子规》和《了凡四训》学起，体会到它是基础中的基础，是最初的台阶，如果没有这个基础的学习和实践，我们是很难从中受益的。"四书五经"是好，但它们是上层建筑，不是地基。试想，一个没有地基的摩天大楼是什么结果。

认识到这一点，同样无比关键。近年来，我们欣喜地看到，上上下下都开始重视传统文化，全社会掀起了学用传统文化的热潮，但是，我发现，学界大多把目光投向"四书五经"等，对训蒙养正的重要性没有足够重视。古人之所以一上手就从"四书五经"开始学习，是因为训蒙养正的功课在幼年就已经完成了，那些功课，目不识丁的农村妇女都懂得。但是现在做妈妈的知道"幼儿养性，童蒙养正，少年养志，成年养德"道理的毕竟是少数，从另一个角度来讲，《弟子规》和《了凡四训》把"四书五经"的精神精华变成了交通规则、生活手册、菜单、药方，直接让我们应用。

体会到这一点，我突然对一味的谈玄说妙十分厌恶。

做人是实实在在的事，一步一个脚印改过的事，咬定牙关力行的事，就像建大厦，只有老老实实扎扎实实地打好地基，才能在上面建高楼，否则，终归要出事的。楼越高，就对地基的要求越高。由此可知，打地基的事，不能急。不能偷工减料，不能搞跨越，不能赶工期；也像登山，只有一个台阶一个台阶地攀登，才能上到金顶。

特别是到了险峰，更要把每一步踏稳，才能保证安全。到了极险处，尤其要懂得从容移步，从容换手。等左手抓牢铁索，再换右手；等左脚踏稳石阶，再换右脚；中间容不得一丝分心，容不得一丝没有交接好的空隙。稍不留心，就会葬身悬崖。有一次，攀登梵净山金顶，我切切实实体会到这一点。常识告诉我们，山越高路会越险。在金顶，我甚至有种感觉，如果心神稍不在现场，稍一走神，就会被过往的风云裹了去、卷了去、挟持了去。这个过往的风云，有可能是骄傲，有可能是嫉妒，有可能是得意，有可能是抱怨，有可能是生气，有可能是贪欲，有可能是懒惰，有可能是粗心，更有可能是谈玄说妙、好为人师。

由此，再看云谷禅师赠袁了凡先生的《功过格》"，看《弟子规》，就既羞愧，又感动。羞愧的是，当年我对其竟十分不屑，觉得它过于烦琐，过于麻烦，过于笨拙；感动的是，其中难得的古道热肠。它们，不正是先哲们为后代一凿一凿刻出的石梯修出的栈道吗？我们欲登上顶峰，体会一览众山小的喜悦，没有近道可抄，没有捷径可上，一句话，没有别的路可走，唯有老老实实的行脚。登上一个石阶，就离金顶近一步，登上一个石阶，就离风景近一步。

这个攀登，首先是改过，每改一过，即进一步。然后才是做功，每做一功，即登一阶。如何改？如何做？可以《弟子规》和《功过格》为鉴。

值得我们深思的是，云谷是禅师，最有资格谈玄说妙，但他却没有谈玄说妙，而是推荐了供了凡先生力行的《功过格》。因此，我特别建议一些愿意学习传统文化的同学，直接对照《弟子规》一百一十三件事和《了凡四训》中讲的"十善"（与人为善、爱敬存心、成人之美、劝人为善、救人危急、兴建大利、舍财作福、护持正法、敬重尊长、爱惜物命）入手。同时，对善的真假、端曲、阴阳、是非、偏正、半满、大小、难易进行辩证，深入理解，圆融而行，为世人做个好榜样，以澄清世人"行善的人怎么没有好结果"的疑问，增加人们去恶从善的信心。

还可以参照《弟子规》或《功过格》，把功夫做到细行上，集中一个时间段完成一个功课，比如如何做到"用人物，须明求。倘不问，即为偷"，如何做到"恩欲报，怨欲忘。抱怨短，报恩长"，如何做到"凡取与，贵分晓。与宜多，取宜少"，如何做到"非圣书，屏勿视。蔽聪明，坏心志"，如何做到"发一言利及百姓"，等等。如果还要深入，可以对照《太上感应篇》，它直接让人们从起心动念处防非杜过、闲邪存诚。

特别需要指出的是，在这个鱼龙混杂的时代，要想攀登生命的金顶，经典是唯一可供我们依靠的栈道。要想修改自己的行为，首先要修改自己的念头，而要修改自己的念头，首先要认识念头，要认识念头，就得找到镜子，这就要每天读诵经典，特别是可操作性经典。需要注意的是，《弟子规》是供我们落实的，不是供我们研究的。背诵《弟子规》，演讲《弟子规》，研究《弟子规》，写有关《弟子规》的论文，如果没有——对照落实，不但不能变成我们的生命力，恰恰会变成生命力的遮蔽。

必须敦伦尽分。和谐社会和中国梦是新时代中国人的共同的理想和追求。和谐社会建设和中国梦实现的关键之处：家庭建设。那么，家庭建设的关键又是什么呢？我认为，应该是敦伦尽分。每个人能把自己的角色做好，家庭自然就和谐美满。当父母尽到父母的责任，儿女尽到儿女的责任，丈夫尽到丈夫的责任，妻子尽到妻子的责任，公婆尽到公婆的责任，儿媳尽到儿媳的责任，兄长尽到兄长的责任，弟妹尽到弟妹的责任，这个家庭，怎么能不和谐呢？这个社会怎么能不和谐呢？

而这个责任，又如何体现呢？在《弟子规》中，一个"孝"字，是通过"父母呼，应勿缓。父母命，行勿懒。父母教，须敬听。父母责，须顺承。冬则温，夏则凊。晨则省，昏则定。出必告，反必面。居有常，业无变。事虽小，勿擅为。苟擅为，子道亏。物虽小，勿私藏。苟私藏，亲心伤。亲所好，力为具。亲所恶，谨为去。身有伤，贻亲忧。德有伤，贻亲羞。亲爱我，孝何难。亲憎我，孝方贤。亲有过，谏使更。怡吾色，柔吾声。谏不入，悦复谏。号泣随，挞无怨。亲有疾，药先尝。昼夜侍，不离床。丧三年，常悲咽。居处变，酒肉绝。丧尽礼，祭尽诚。事死者，如事生"等诸多细行来体现的。在古人看来，一个儿子，只有做到了这些，才是尽到了做儿子的本分。当然，时代在发展，其中一些内容已不可取，但其原理性部分，是值得我们借鉴的。

前文也谈道，"八德"的根本是孝道，"五伦"的根本是婚姻。家庭建设，根本也是孝道和夫妻道。孝道是立柱，夫妻道是横梁。此柱不立，此梁不正，家庭建设就是一句空话。事实上，孝道和夫妻道是一道，那就是和气。没有和气，孝也难，爱也难。而和气，来自正气，也就是现在大家都在讲的正能量。正气又来自正念。

正念又从哪里来？在我看来，就是祖先们留下来的神圣经典，比如《了凡四训》《孝经》《弟子规》等等。

所以，家庭建设还是要从学习传统文化入手。

必须深明因果。现在一谈因果，人们就有一种谈虎色变的感觉，其实大可不必，因果是最古老的哲学概念，也是最基本的科学概念。饿了是因，吃饭是果；吃饭是因，不饿是果，就这么自然。但是，就是这个如此自然的逻辑关系，如果我们忽略它，就要受到它的规律的惩罚。吉祥如意的艺术，趋吉避凶的艺术，说到底，都是遵循因果规律的艺术。

三聚氰胺事件让三鹿集团倒闭，正是反因果的结果。

同仁堂历经三百年风雨，仍然屹立于世界企业之林，正是遵循因果的结果。"炮制虽繁必不敢省人工，品味虽贵必不敢减物力"，"修合无人见，存心有天知"，是他们几百年恪守的堂训。"修"是对药材的炮制，"合"是对药材的组合。意即我们做事，虽然无人监管，或无法监管，但我们所做的一切，上天都是知道的。过去一讲天，我们就觉得虚无缥缈，现在科学已经证实，潜意识有四大属性，在我理解，它就是天。

"同修仁德，亲和敬业，共献仁术，济世养生。"透过同仁堂的这一训条，我们会觉得，它不单单是一个企业的经营理念，而是华夏五千年文化之精髓。如果我们把这个"术"看为经济，它的前提是"仁"，它的动机是"济世养生"，它的基础是"同修仁德，亲和敬业"。没有厚德，就无法载物，这还是因果。

"物格而后知至，知至而后意诚，意诚而后心正，心正而后身修，身修而后家齐，家齐而后国治，国治而后天下平。"《大学》中的这句话，讲尽了"同修仁德"和"济世养生"的关系。同样，一个经济体要想健康发展，是需要以每名员工的修身为前提的。如果每一名员工都能够做到格物致知正心诚意，那么他们就会把任何一个生产环节都做到尽善尽美，而一个能够把任何生产环节都做到尽善尽美的企业，还能不被受众拥戴吗？受到大家的拥戴，还能不长久吗？

《中庸》讲："故大德必得其位，必得其禄，必得其名，必得其寿。"

如此，哪一个公司不愿意接受传统文化？公司如此，个人亦然。

从更深的层面看传统文化，我们就会发现，它是古人早就发现的回家之路。"八德"和"五伦"是传统文化的核心元素，为什么古人世世代代都认同和践行它们，因为它们是最重要的能量通道。"八德"又归于孝，"五伦"又基于婚，把孝道和夫妻道行好，就成了提高我们生命力的关键，也成为提高我们幸福指数的关键。从缘分的角度看，孝道和夫妻道，本质上是惜缘，如此，对生命就具有超越性意义。惜缘如果我们做得不圆满，就结束不了流浪生活，回不了家。时间久了，恐惧就产生了，焦虑就发生了。一定意义上，惜缘是生命最重要的事情，因为"惜"的背面是"了"，这个"了"，是把生命从低能量频道切换到高能量频道的必需。这就像一个人从出发地到机场的一段路，如果我们走不完，就上不了飞机。这样想来，我们就会自觉地践行"八德"和"五伦"，特别是自觉地践行它们的核心部分孝道和夫妻道。

还是因果，认同是因，践行是果。

因果的科学性，已经被心理学家霍金斯证明。一个人在违犯法纪的时候，做见不得人的事的时候，他的身心在恐惧状态，而霍金斯的能量级表明，恐惧状态的人能量在一百级，也就是负一百级，说明已经被扣分了；接下来，他会自责，又到了七十五级，也就是负一百二十五级，被继续扣分；自责时间久了，就会绝望，五十级；到了内疚，三十级，这个人肯定要得病了；最后是羞愧，二十级，这个人面临崩溃，因为生命积分被扣完了。

究其根源，一个人的恐惧是从骄傲开始的，因为骄傲，所以自我，因为自我，所以愤怒，因为愤怒，所以报复，因为报复，所以贪婪，因为贪婪，所以非分行事，因为非分行事，所以恐惧。虽然从骄傲到恐惧，经过了自我、愤怒、报复、贪婪、非分，但仍然可以看出它们之间的因果关系。而骄傲又是因为不自信。不自信是一个人堕落的开始，自信是一个人进步的开始。这大概是霍金斯把它定为正负能量分水岭对应心态的原因所在。

因此，只有深明因果，才能防微杜渐，也才能从根本上查找原因，根治问题。

这时，我们就会明白，提心吊胆事实上是生命能量被扣分的一种状态。心之所以会提，胆之所以会吊，说明能量正被吊销，当一个人明白了这个道理，但凡让自己提心吊胆的事情，他就不干了，自然就会吉祥平安。

从霍金斯的意识图，可以清晰地看到心态和快乐的关系，这也是因和果，心态是因，快乐是果。

必须长养谦德。《周易》八八六十四卦，六十三卦有吉有凶，只有谦卦全吉，说明谦德是生命的春风。狭义的谦是谦虚，广义的谦可以囊括所有道德和美德。忠孝勤俭廉、仁义礼智信，都可以归到谦德里。但这些道德和美德。从谦的角度讲，对人更有提醒作用、关怀意义。在此道德体系中，当下社会，尤其要强调敬天爱人、孝亲尊师、知恩报恩、知错改错、养正化怨这些谦德。表现在具体生活中，就是常说"我错了"，就是看人优点、看自己缺点，就是多赞美、少批评，就是谦让、礼让、忍让，就是爱国、敬业、诚信、友善。但首先要从常说"我错了"开始。现在之所以犯罪率、离婚率连年上升，诉讼频繁、纷争不断、兵戈四起、硝烟弥漫，从根源上讲，除过利益之争，还因为人们总在争理，都在说"你错了"。

必须引低为高。要想让人们离开低层次生命状态，我们必须给他找到一个走向高层次的出路。追求快乐是人的本能。当一个人尝到高层次的快乐，低层次的快乐会自动停止。当一个人的自我认同从"物我"超越到"身我"，对物质的占有欲就会降低；当一个人的自我认同从"身我"超越到"情我"，对感官的占有欲就会降低；当一个人的自我认同从"情我"超越到"德我"。对情感的占有欲就会降低；当一个人的自我认同从"德我"超越到"本我"，对荣誉的占有欲就会降低。如果我们在一个层面上突围，几乎没有可能。

必须尝到快乐。如果学习传统文化没有让我们一天天变快乐、变喜悦，证明我们学错了。就像有人说，凭什么要我说"我错了"，他怎么不说。我说，就凭只有说"我错了"，你才能快乐。我谦我乐，和他人没有关系。我傲我苦，也跟他人没有关系。谦人气和，气和身健；傲人气戾，气戾身病。这是自愿选择。

一个人谦虚到极致，他甚至都看不到他人的缺点，一眼望去，全是优点。但他发现自己缺点的能力极强，任何一个不谦的念头出来，他都会明明白白。试想，当一个人的眼里全是世界之美，生命之美、没有缺点，他是不是已经活在天堂？世界上最耗费我们生命能量的是抱怨和生气，而抱怨和生气来自傲慢，来自看人缺点，放大他人缺点。事实上，当自己谦虚了，他人也会随之谦虚，因为谦德会点燃谦德。

必须建立机制。我自己在传统文化中受益之后，就想让更多的人受益，于是就通过诸多方式，比如写作、演讲、举办各种活动，分享自己的心得，推广传统文化。但最后发现，有效果，却不明显，原因在于这些方式很难把人们从一种惯性生活中拉出来。要改变这种状态，需要一个长效机制。这时，正好有两位同学想办一个"寻找安详小课堂"（以下简称"小课堂"），我就鼓励他们办了起来。每周末大家在一起读经典，分享学习体会。不想效果非常好。两年多来，但凡能够坚持在课堂听课的，进步都非常明显，个别同学也被邀请到一些单位和论坛讲课了。

从中，我得到许多启示：

生命需要反复唤醒。就像小孩子起床，一次叫醒他，翻一个身，又睡过去了，二次叫醒他，伸一个懒腰，又睡过去了，做母亲的就要有耐心，反复叫他。传统文化学习也如此，许多人在大论坛上被点燃，但因为没有跟进，当时激动，过后不动。自从发现这一点后，每到论坛讲课，我会把"小课堂"的信息告诉大家，给一些愿意深入学习的同学一个平台。果然，有一些就走进了"小课堂"，并坚持了下来。虽然人不多，但我非常看重他们。

近年来，有不少人邀请我合作推广传统文化，我总是让他们先到"小课堂"去听课，如果他真能够坚持去听，我就答应他们，否则就婉言谢绝了。我深知，只有正己才能化人，要想照亮别人，首先得把自己的心灯点亮。要想给他人带路，自己先得把路走正。还有一层意思，弘扬传统文化需要谦德，能否到"小课堂"听课，正好可以检验他有没有谦德，谦德是有效合作的大前提。

生命需要崇高化。要想提高生命维度，必须走崇高化路线。但崇高需要激励。在"小课堂"，大家互相激励，当大家感受到崇高化生活带来的喜悦、健康、吉祥，就对崇高有了信心，对崇高有了信心，自然就会放下自私自利和欲望化的生活方式，身心自然就安泰，良性循环就形成了。

每位同学的检视报告，正是这种崇高化生活的记录。

生命需要温暖。在"小课堂"，大家互相支持，互相关心，不少同学曾经离开。但当他们苦了时，又回来了。因为这里是一个经典场，但凡经典都讲利他，当人人思利他时，这个场就是一个像母亲怀抱的所在。一位同学在检视报告中说，那种感觉，仅仅只是怀念一下，都很幸福。平常，人们的社会关系多是建立在互相利用的前提下，包括不少夫妻之间、亲人之间，但在这里，基本是一个纯粹的友谊场，大家互相付出，不求回报。

事实上，当一个人把这种温暖复制到生活中，本身就在弘扬传统文化。为了保持这种温暖，我一再给主持人叮嘱，不能收一分钱学费，就连一些长班的食宿，也要全免。如果办不下去了，可以休课，但绝对不能收费，要让每一位同学走进来，丝毫不要感觉到有交换在其中，有功利在其中，有利益动机在其中。

生命需要激励。在课堂分享中，当自己的小小进步获得同学们的掌声；在生活中，当自己的奉献得到大家的赞许；在工作中，当自己的困难得到大家的帮助，都会产生激励效果。"小课堂"还有一个特别要求，每位同学必须每天坚持写检视报告，让老师批阅，也是一种很好的激励。每天得到老师肯定，时间久了，就会产生自信。而自信，是正能量和负能量的分水岭。我曾经看到，一些同学在旅途中，利用空闲时间用手机写好检视，发给老师。一个人能够时时检视自己，本身就是一种最好的自我激励。

生命需要共振。贺金斯共振原理告诉我们，低频可以通过共振高频化。"小课堂"正好起到了一个共振作用。同学们都有体会，参加完周日的学习之后，周一去上班，做什么都有好心情，看什么都顺眼；但到了周末显然就不行了，明显感觉能量用完了，不够了，期待着到课堂充电。还有一些同学，憋着一腔的委屈和烦恼，只要走进"小课堂"，听上一会儿课，委屈和烦恼就烟消云散了。

在这个"小课堂"里，大家既是共振对象，又是共振源，团队的价值变成自己的价值，自己的价值变成团队的价值，生命的价值就放大了。

四天的视频班，大家普遍反映，前两天比较难过，后两天会非常享受，就是因为前两天能量不够，有些人会感觉腰酸背疼、打瞌睡。后两天，大家既觉得享受，也变美了。因此我常常说，开班前大家拍张照片，结业后再照张，两张照片放在一起比较一下，你会觉得自己判若两人。为什么？能量提高了。就像同样的灯泡，当电量不同时，亮度是不一样的。

生命需要安静。"小课堂"是大家共同营造的一个安静场，在这里，大家可以四小时不喝一口水，不上卫生间，不知不觉间，一上午就过去了。这在其他任何场合恐怕都很难做到。有一位很著名的专家来银川和我做了一次对话，我觉得他很有水平，就想请他第二天到"小课堂"给同学们讲一天课，他说下午已经安排了活动，只能讲一上午。结果课间休息时，他主动提出下午继续给大家讲课，活动不参加了。返程后，他又发来短信，表示还想到"小课堂"给大家上课。连讲课的人都觉得享受，何况同学们。这种安静对生命太重要了。因为只有安静，才能回归本体。所谓"无为自化，清净自正"。

安静是一条回家的路，也是一种开发智慧的方法。一个湖面，当它安静下来，彩云、飞鸟、树木都会倒映其中，如果波翻浪涌，倒映就无法实现。课堂也同样，哪怕小小的一点声音，都是对安静的打扰，就像一粒石子投进湖面，湖面的倒映机制就被破坏了。还有，在"小课堂"，老师是用直觉讲课的，任何一个打扰，都会打断老师的直觉。直觉流被打断，老师需要再次启动，再次连线，大家也需要再次调频，非常耗费能量不说，更重要的是，一个特定的时空点就被错过了。每个时空点都有自己的使命，当后一个时空点要补充前一个时空点的缺憾时，就会产生连锁反应。懂得了这个道理，如果不是万不得已，同学们基本不会制造出响动，更不会出出进进走动。有一名同学在分享中讲到，为了不打扰课堂，她强忍住咳嗽，让她惊喜的是，在经历了那次极限性的感受后，她的习惯性咳嗽竟然好了。

生命需要载波。一个人要回到故乡，可以有多种方式：步行、自驾车、乘火车、坐飞机，常识告诉我们坐飞机最快。载波原理告诉我们，弱信号可以通过载波放大。当一个强波已经存在，我们只需搭乘它，就会到达目的地。这个"小课堂"能够健康运行两年多，并且很见成效，说明这个波段可以搭载。当搭载上这个波段后，剩下的事情，事实上就是一件事，那就是大家共同维护这个波段。从这个意义上。学生的功德和老师是平等的。如此，来到这里听课本身就是功德。古人讲究随喜功德，就是这个道理，通过随喜，对方的波段成为自己的波段，既放大了对方的频率，也放大了自己的频率。

在课堂上，每个人都是一个载波聚合芯片，因为同心同德，所以频率一致。因为频率一致，所以能够进行有效的干扰抑制。长时间保持这种干扰抑制，就会形成一个强大的保护频谱，把负能量拒之门外。吉祥如意就会到来。

从2012年底开始，我之所以暂停写作，到全国大型公益论坛做志愿者，给央视做百集大型纪录片《记住乡愁》的文字统筹，都是基于以上考虑。全国性大型公益论坛和央视都是强波，我搭乘上去，为他们服务，他们的功德就是我的功德。通过搭载这些强波，我的生命价值放大了。"小课堂"也同样，每次开班，都有一些老同学来做志愿者，为大家服务，看上去他们没有机会听课，但由此得到的能量和大家是一样的，甚至比大家得到的还要多，因为这是一个强波场，连接着每个人的自动化信息系统。我的家人和一些亲友、同事之所以给我分担家务、工作，让我能够分身从事公益事业，也是如此，有多少人从中受益，就有他们的多少份价值。我的一些同事和同道之所以加班加点地给我整理校对书稿，也是如此，这本书有多少人受益，就有他们的多少份价值。

因此，走进"小课堂"，就是走进祝福。

生活中，常常有人问，如何才能到达那个快乐老家？我说，只需要把"小课堂"的经验复制放大即可。如何复制，对比一下，在"小课堂"为什么快乐，在生活中为什么不快乐，就知道如何做了。生活中看的听的全是烦恼的事。"小课堂"看的听的全是快乐的事；生活中大家各唱各的调，"小课堂"大家同读一部经；生活中人们起心动念多为自己着想，"小课堂"更多的时候为他人着想；生活中衣食住行是有分别的，有高低好坏的不同，"小课堂"大家都一样；生活中人们被世事追赶，觉得什么事都重要，放不下，"小课堂"大家可以做到几天不开手机，觉得没有比认识生命享受喜悦更重要的；生活中每做一件事，每走一步路，都需要随时打开钱包掏钱，"小课堂"一切都是现成的，只需要享用即可，几天都可以忘记钱包；生活中人们处处设防，"小课堂"门无须上锁，钱物随意存放，不用担心被盗；在"小课堂"，大家每天活在至诚、感恩、恭敬之中，活在连根养根、养正化怨、养谦生信、改过迁善之中，时时认错，事事反省，累了一起拍拍肩揉揉背，困了一起休息，人人礼让谦让。生活中就不一定是这样了……

如此，要想最终回到快乐老家，只需反复体验"小课堂"经验，平时在生活中尽可能保持即可，如果觉得在社会上复制有难度，至少在家里可以首先复制，如果在家里复制有难度，至少可以在自己心里每天复制，复制那种由"都一样""我爱你""我错了""这一刻"念头主导的场频并保持，将来自然就能回到快乐老家。

天天彩排成功，回家只不过是一次正式演出而已。天天彩排都成功，演出自然会成功。

2015端午电教班结业当晚，正好公布高考成绩，有几名考生住在我们家，他们的淡定让我感动。十二点一过就可以查分数了，他们几位居然十分踏实地睡到天亮才查。

一位企业家在参加完电教班后说，如果不明理，有时没钱可能要比有钱好；因为不明理，钱越多危险性越大，不明理的人，巨额财富在他手里，就是一个隐性炸弹。

必须化文为习。仪式本身是能量，祭礼本身是能量，建筑本身是能量，祠堂本身是能量，文字本身是能量，家谱本身是能量，风俗本身是能量，礼节本身是能量。因为仪式、建筑、文字都是人的意识的投射物。意识是能量，它的投射肯定是能量。同样，习惯也是能量。戒烟为什么那样难？因为它已经变成人的惯性能量。中华文化的传承，本质上就是恢复并完善一套优秀的习惯系统。仁义礼智信，最终要落在行为习惯上。《弟子规》一百一十三件事，就是从小培养人的系统性高能量习惯。

古人讲，高高山顶立，深深海底行。再伟大的文化，也必须通过细行才能实现价值。在《弟子规》中，一个"谨"字，是通过"朝起早，夜眠迟。老易至，惜此时。晨必盥，兼漱口。便溺回，辄净手。冠必正，纽必结。袜与履，俱紧切。置冠服，有定位。勿乱顿，致污秽。衣贵洁，不贵华。上循分，下称家。对饮食，勿拣择。食适可，勿过则。年方少，勿饮酒。饮酒醉，最为丑。

步从容，立端正。揖深圆，拜恭敬。勿践阈，勿跛倚。勿箕踞，勿摇髀。缓揭帘，勿有声。宽转弯，勿触棱。执虚器，如执盈。入虚室，如有人"等品质和习惯来体现的。一种文化只有化文为俗、化文为习，才能成为生命力。传统文化之所以在民间没有断代，正是因为这一点。精英传统之所以容易断代，则是因为相反。为此，我们就要特别注意，既让孩子背诵经典，更要教他们洒扫应对、待人接物，养成良好的行为习惯。当然，要教好他们，大人就要先补课。

曾经的我总是喜欢跷二郎腿，明理之后，就下决心改，但是在现场时，会放下来，一旦离开现场，又跷上去了。但这并没有影响我继续改。大约用了一年时间，基本上改过来了。接着改交踝坐，改得很难。后来发现，人之所以喜欢交踝坐，是因为腰没有挺直，平常在电脑前，总是驼着背，就有意识地把背拔直，背一直，两腿就提起来了，就自然不会交踝了。同样，一旦不在现场又驼下去了，踝又交上了。也是大约通过一年的时间，改了过来。明白了"都一样""我爱你""我错了""这一刻"是四个能量极高的念头后，我就开始建立条件反射。先从"我错了"开始，也是断断续续，大约一年之后，紧急情况下，也能够脱口而出了。比如水壶打倒了，几乎在同时，我会说出"我错了"。现在，妻子不管给我说什么，我往往都是一句"我错了"，效用自然不用多言。目前，我正在建立另一个条件反射"我爱你"，不管做什么事，都把它配进去，行住坐卧、穿衣吃饭、洒扫应对。当自己有了一定的功夫后，就可以影响他人了。

必须化文为福。供给一个人万盏油灯，不如把他的心灯点亮。传统文化正是点亮人们心灯的。但如何让人们接受，是个大学问。现代人是商业思维，要想人们接受传统文化，就要让人们看到接受传统文化的"利润"。那就要和人们的切实利益联系起来。

而人最大的利益，莫过于获得幸福，提高幸福指数。但现在，一提到幸福，人们都会说，它是一种感觉，是摸不着的、虚无缥缈的。传统不这样认为，传统讲幸福是实实在在的，而且有很具体的指标，就是长寿、富贵、康宁、好德、善终五福。而五福的基础是好德。这个"德"，在我看来，就是生命的核心价值系统，它是长寿、富贵、康宁、善终的图纸。没有这张图纸，就无从建设长寿、富贵、康宁、善终的生命大厦。人如此，国家如此，民族也如此。

社会病象就是反常识和错用能量的结果。只有生产才有面粉，这是生命最大的常识，但是不少人恰恰忽略了这一点，总是幻想着通过变魔术的办法得到面粉，投机心理害死人。还有错用能量，面缸里就那么一点面粉，本应平均分配给长寿、富贵、康宁、好德、善终，可是不少人全拿去发财了，或者用于出名了，五福就向生命报警。

足见认识生命的重要。我们每天都在奔忙，却忽略了一件大事，那就是认识自己。平时买一件东西，我们都要看说明书，但很少有人去读生命的说明书。为此，不少人活在多灾多病和焦虑抑郁之中，又不知其所以然。单说焦虑，如果我们把焦虑看作一根一根的羊毛，那么，用拔羊毛的办法显然不能解决问题。羊毛之所以存在，是因为羊皮存在；羊皮之所以存在，是因为羊存在。要想让焦虑的羊毛不存在，我们只有一个办法：让羊不存在。那么，如何让这个羊不存在呢？

这正是传统文化的长项。传统文化告诉我们，在我们的生命中有两个"我"，一个是行住坐卧的"我"。一个是能够欣赏行住坐卧的"我"，亦即一个是客人，一个是主人。许多悲剧之所以发生，是因为肇事者没有在那一刻当家作主，说得严重一些，他们很有可能压根儿就没有意识到生命还有一个主人在。

我们想一想，一生有多少次给自己当家作主呢？走、走、走，搓一把，就跟人去搓了；走、走、走，喝两杯，就跟人去喝了。看到别人贪，我也想贪；看到别人盗，我也想盗。当家作主的时候不多。因为没有当家作主的能力。不少人活在一种假醒状态，看上去醒着，但其实在睡觉。相对于一个做梦的人，核心价值就是醒来。

本质状态的生命里，只有五样东西：喜悦、圆满、永恒、坚定、心想事成。这就是古人讲的生命圆满状态。而要实现这种圆满，需要我们把每一个生命细节做到完美。看过一篇文章，说在日本，工人即使对老板非常有意见，也不会敷衍工作。他会在头上绑一根白布条，表示抗议，但对手中的工作，永远尽心尽力。因为他知道，工作是在完成自己，跟老板没有关系。

当下，离婚率越来越高，原因是什么呢？原因是人们找不到根本幸福了，人们总觉得幸福在对象那里。那么，如何才能找到根本幸福？这也正是传统的长项。传统让我们在生命内部寻找幸福，只要我们把目光折回来，会发现幸福就在最近的地方。

如果我们真的学懂了传统文化，就会发现，个人幸福正是国家利益。

就拿社会主义核心价值观中的个人层面来讲，要真正实现爱国、敬业，仍然要让"当家作主"起作用。监督有用，但不能从根本上解决问题。如果没有自觉性，即使我们把摄像头安到员工头顶，也没多大用。我们管住的只是他的身，不是心。再说，这种监督，本身已经伤害了人的尊严。可是，当人一旦找到根本性，找到主体性，明白了潜意识的四个属性：自动记录、自动播放、全息感知、永恒存在，一下子就会自觉起来、敬业起来。我们再不需要说"举头三尺有神明"，明白做任何事潜意识都在自动记录，永久收藏，成为底片，到下一个生命片段播放出来，就是我们的命运。

中华历史上为什么出现了那么多忠臣良将？正因他们受到了传统的熏陶。传统告诉人们，忠和良本身就是能量。按照整体性理论，信息和能量是对等的，我们动一个爱国的念，意味着启动了根本性中对应的高能量，因为国比家大。为什么要"全心全意为人民服务"？因为"全心全意"对应的是没有缺陷的能量。如果有百分之一的心没到位，就不是"全心全意"，只要有一分私心在，就不叫"全心全意"，相应地，我们得到的能量就是局限能量。

再说诚信、友善。当我们"全心全意为人民服务"的时候，没有了自己。没有了自己，就没有恐惧，心就是安的，当然就是平的，自然就是灵的。就像一汪湖面，天上的任何一片云彩都映照得清清楚楚，整个世界都收在我们眼底，我们还要跑到远方看风景吗？既然世界在我们眼里一览无余，贪污受贿不就是自欺吗？"若要人不知，除非己莫为。"这时，我们才能真正理解这句话。因此，一个人回不到根本性，不可能有诚信。

事实上，诚信是两个境界，信来自诚，诚来自对生命本体"一性"的认识。既然是"一"，你就是我，我就是你，还有必要欺人吗？既然是"一"，心就是灵，灵就是心，还有必要自欺吗？既然是"一"，我们就不应该挑三拣四，在任何岗位上好好工作都一样的。我在我的岗位上动了一百个"全心全意为人民"的念头，跟他在他的岗位上动了一百个"全心全意为人民"的念头，从本质上来讲，是一样的。为什么呢？都是一百个"全心全意为人民"的念头，在心的收获上是一样的。这是一种平等性。

传统的"自由"是孔子所讲的"七十而从心所欲，不逾矩"。我怎么做都正确，怎么做都是人民欢迎的，这才叫作真自由。也就是说，我的自由不会给他人造成伤害。正文已经多处论述，真正的自由在生命的本体界面上，因为只有本体层面的能量才有绝对的自由度，所有非本体层面的能量都有局限性。同理，真正的公正、法治、平等，也在本体层面上，富强、民主、文明、和谐亦然。

在这里，个体生命拥有的爱国、敬业、诚信、友善和国家、社会层面的富强、民主、文明、和谐、自由、平等、公正、法治，通过本体变成了"一"。这又归于传统文化的核心理念。